咲也はティーダが
水を浴びる様子に
目を離せないでいた。
Illustration :
Norikazu Akira

セシル文庫

異世界ドクターは冒険者と恋をする

墨谷佐和

イラストレーション／亜樹良のりかず

◆目次

異世界ドクターは冒険者と恋をする

プロローグ

医者として働く。僕なりの医療をまっとうする。
それが、長く生きることのできない僕の願いだった。
そのためには、趣味も、遊びも、人間関係も二の次でいい。
ましてや誰かに恋をすることなんて――。

「大丈夫ですよ。今病院に運びますからね。血は止まりましたから安心してくださいね」
眼鏡越し、医師の花村咲也《はなむらさきや》は、目の前に横たわる中年女性に温かく語りかけた。彼女のうつろな目を見て、意識を失わないように笑いかけ、言葉をかける。さらさらの黒髪に、シルバーフレームの眼鏡。体型も表情も繊細な雰囲気の咲也は、その優しい笑顔で患者たちに慕《した》われていた。

「せんせい……」

「なんですか？」

咲也は優しく問いかける。

「熱い……お水、飲みたい……」

彼女は何カ所も火傷《やけど》と裂傷《れっしょう》を負っていた。咲也は応急処置を施し、先ほどから何往復もしている救急車の到着を待っているところだった。次の救急車が来れば、彼女たち最後に残った被害者も皆、現場《ここ》を離れて、病院に運ばれるだろう。

「病院で飲みましょうね。もうすぐですよ」

咲也はまるで診察室にいるかのように微笑んで答えるが、辺りは人々の呻《うめ》き声やすすり泣き、立ち働く者たちの切羽詰《せっぱつ》まった雰囲気で満ちていた。ガスの臭いが鼻をつき、煙が目に染みる。消火作業が懸命に行われているものの、爆風による空気は熱く、咲也自身も喉がカラカラだった。

――白昼、ランチ客で賑《にぎ》わうビルで爆発事故が起こった。飲食店やカフェが何軒も入っているビルだ。たちまち火災に発展してビルは燃え、人々は逃げ惑い、或いは爆風に吹き飛ばされて倒れ、火傷を負い、現場はさながら地獄絵図だった。原因はガス漏れだというが、応急処置に当たっている咲也には詳しいことはわからない。

研修医を終えて一年め、外科医として働く咲也が午後からの出勤途中で出会った事故だった。

トートバッグに入れていた白衣をシャツの上に羽織《はお》り、咲也は応急処置に加わった。勤務する大学病院が最も現場から近く、何人もの医師や看護師たちが処置に当たっている。その中には咲也の同期の高田《たかだ》もいた。

「花村！　そこは危ない。早くこっちへ来い！」

咲也がいたのは、爆発現場のすぐ近くだった。二次災害の恐れがある。処置をしていた中年女性が救急車に乗り込んだのを見届け、咲也は「今行く！」と高田に答えた。

——が、その声はドン！　という爆発音と爆風にかき消された。とたんに目の前は炎で真っ赤になり、咲也の身体は硝煙《しょうえん》と熱風に包まれる。

「花村ーっ！」

ああ、高田が呼んでる……週末、飲みに誘われていたんだっけ……。

こんな時にそんな事を思うなんて。

咲也は煙の中で膝をつき、くずおれていた。息が苦しくて前へ進めない。口元を手で押さえたって無駄だった。

僕はここで死ぬのかな――そうか、少し、死ぬのが早くなったんだな……。

うつろいでいく意識の中で目を閉じる。

咲也は心臓病で、子どもの頃から何度も手術を受けていた。そのたびに自分を救ってくれた医師に憧れ、自分も医師になって……。

だが咲也は、自分が長く生きられないということを知っていた。命果《は》てるまで医師として働きたい。それが咲也の願いだった。

死ぬ時に人生が走馬灯《そうまとう》のように回るというのは本当だ。咲也は閉じた目の奥で、様々なシーンを見ていた。その多くは医大時代や、病院で働く自分だ。出会った患者、同僚、恩師――夢中で過ごした毎日は、きらきらとして美しかった。

咲也は、ふうっと息をつく。

――でも、もう少し、医者として、働きたかった、な……。

そう思った時、身体がふわりと浮いた。

この感覚はなんだろう。何か、大きな手のひらに掬《すく》い上げられたような――。

1

——花村咲也。二十六歳。医師として応急処置中に事故現場で寿命を終えた。

ふむ……。

気がつくと、咲也はふわふわと浮遊する空間の中で、長い髭の老人と向かい合っていた。彼と二人、浮かびながら膝をつき合わせているのだ。……座っている感覚はある。だが周囲には壁も天井もなくて。

（なんだこれ）

座っているのは、さっき掬い上げられた手のひらの上かもしれないな……などと、ありえないことを考えてしまう。目の前の老人はどう見ても現代社会の者ではない。白く長い衣装だけではなく、まとう空気が軽くて、身体の線が柔らかく空間に溶け込んでいるのだ。

——花村咲也、おまえは死んだのじゃよ。

唐突に言われ、咲也は冷静に答えた。

「はい、そうみたいですね……ということは、ここは天国ってやつで、あなたは神様ですか？　この雰囲気は地獄ではないですよね」

——まあ、好きに呼べばよいが、私は寿命を終えた者の今後を審判する者だ。

「審判？」

——そのように怖れた顔をすることはない。どうしてもやり残したことがある者は、命尽きようとするその瞬間に強い光を放つのじゃ。その者たちの願いを叶え、生まれ変わらせることが我の使命。つまり、転生や転移ということじゃ。例えば、恋人を残して死んだ者が犬や猫となって、またその恋人と巡り会い、寄り添って生きる。これが転生。生まれ変わりじゃ。そして転移とは、その姿のままで、今までとは違う世界で生きること。つまりおまえにとっての異世界で。

わかったかの？　審判をするという男は、ほっほっと笑った。

「僕は、光を放っていたのですか？」

——かなり強く。もっと医師として働きたかったと。

「そうなんです！」

咲也は前のめりになった。

「僕はもう長く生きられないことがわかっていて、それまで医師として懸命に働こうと思っていたんです。それが……！」

――恋人はいたのかの？

「いません。恋愛に発展しそうになっても、僕は早く死んでしまうから、相手を哀しませることになるから、恋は避けていたんです」

――もっと医師として働きたいか？　恋や結婚よりも、医師の人生を選ぶか。

訊ねる目は自然と厳しくなり、心を見通されているようだ。きっと、どんな嘘も通用しないだろう。だが、咲也に嘘も迷いもなかった。

「はい！」

――よかろう。では、異世界に医師として転移するがよい。おまえがこれまで生きてきた地球とはまったく違う世界だ。もし馴染めなければ、見知らぬ世界で志《こころざし》半ばで野垂れ死ぬこともある。それでも――？

「かまいません。生き返ることができるならば」

――その世界で命を燃やすことができれば、おまえは病を克服し、医術をまっとうして恋や結婚も叶うかもしれぬ。つまり、長生きして幸福になれる可能性もあるのじゃ。

「僕は別に、恋や結婚だけが幸福だとは思ってません」

やけに恋愛を推す人だな……咲也は心の中で呟く。彼は目を細めて笑った。

――我はロマンチストなのじゃ。まあよい、何が起こるかわからないのが人生よ。では――幸福を祈る。

あなたが『ロマンチスト』って僕の今後に関係あるのでしょうか。

問う間もなく、どこからか琥珀《こはく》色の液体を満たした盃《さかずき》が現れた。甘い、苦い、酸っぱい、辛い、すべての味と香りが漂う不思議な液体だ。飲むように促され、咲也は迷わず盃を干した。とたんに抗《あらが》えない睡魔に襲われる。

――眠りの精よ、彼を、レザントスの地へ。

眠る咲也の頭上で、彼は杖をとある方向へと向けた。

＊＊＊

かさかさ、かさかさ……。

耳元で乾いた、だが心地のよい音がする。その音は次第にリズムを持つようになり、とん、かさ、とん、かさ……と、まるで小さな足踏みのように咲也の鼓膜を震わせる。

「早く、早く起きないとだめだってば！」

今度は、何かがぴたぴたと頬を叩いた。だが足踏みも、頬を叩く何かもとても小さいのだ。

『審判をする者』の前で、琥珀色の液体を飲み干したことは覚えている。そのあとは眠っていたようだ。僕を起こそうとするものはなんだろう。咲也は「小さなもの」に言われるまま目を開けた。

そこは、乾いた枯れ葉が敷き詰められた、小さな洞穴のような場所だった。天井が丸く、壁も丸い。枯れ葉と共に、清々しい木の香りがした。

「もう異世界？　にいるのかな。ここは――」

ひとりごちた時だった。

「ここは万年木《まんねんぼく》のうろの中だよ。それより早く逃げなきゃっ！」

目の前には、ハムスターをひと回り大きくしたような動物が後ろ足で立っていた。うさぎ？　ピンクの耳が口元まで垂れているロップイヤーだ。可愛い。日本で癒しキャラとして大人気の『ミミたん』にそっくりだ。いや、それよりも。

「うさぎが喋ったっ！」

咲也の驚きに、『ミミたん』は少し気を悪くしたように、もぐもぐさせていた口を尖らせた。

「そりゃ喋るよ。喋らないのもいるけど……それより、早くここから逃げなくちゃ！　魔獣が襲ってくるんだ。みんなもう逃げてる、ほら！」

外を見ると、まるでサバンナの大草原のように、知っている動物も、初めて見る動物？いや、生きもの？　も我先にと駆けていくところだった。

その雰囲気から、ただ駆けているのではなく何かから逃げている切羽詰まった様子が確かに伝わってきた。動物や生きものたちは咲也がいる木のうろの前を通り過ぎ、すごい土《つち》埃《ぼこり》が舞っている。

（これはきっと、やばい状況だ）

その迫力と雰囲気に、命の危険を知らせる本能が咲也に告げた。いつの間にか咲也の肩の上に乗っていた『ミミたん』も早く早くと急《せ》かしている。うさぎと会話していることに驚いている間も与えられず、咲也は『ミミたん』と共に木のうろから脱出した。見ればかなりの大木で、天辺を仰げば空にも届きそうだ。

「ここはね、森の真ん中、レザントスの真ん中なんだ。この世界でいっちばん古くて大きな木なんだよ」

急かしながらも『ミミたん』は律儀《りちぎ》に教えてくれる。

「レザントス？」

「何言ってるの。この世界のことだよっ」

（この世界……）

やはりここはもう、異世界なのだ。僕は地球とは異なる、レザントスという世界に転移したんだ。

だが、転移したことを噛みしめる余裕はなかった。魔獣（とは、そもそもどんなものなのか）にいきなり遭遇して、逃げなければならない状況に陥っているというのだ……！

咲也が思い浮かべることができたのは、日本が巨大怪獣に襲われる特撮映画だった。

ビルや家をなぎ倒し、逃げ惑う人々——背後では、魔獣らしきものが木をなぎ倒しているのか、そのたびに地面が揺れる。あの大木は大丈夫だろうか。特撮だったら、ここでヒーローが現れて怪獣と戦うのだが……！

「うしろ見ちゃだめっ！」

『ミミたん』が叫ぶのと、咲也が振り返ったのは同時だった。そこには植物が巨大化したような化け物が確かにいた。

揺れ動く身体に無数の蔓《つる》が腕のようにしなっている。所々、毒々しい花も咲いていて、食虫植物さながらに口を開けたり閉じたりしている。その上、目のくぼみのような穴がそこら中に開いていて、そのいくつかが昏《くら》く光る。

次の瞬間、シュッと音がしたかと思うと、咲也はしなる長い蔓で身体を巻きつけられ、あっと言う間に高く掲げられていた。

（えっ？）

今度は何が起こったのか。よく理解できないままに、巻きついた蔓の先端が、咲也のシャツの隙間から忍び込んできたのだ。腰に巻きついた蔓はいっそう強く締めつけ、シャツの中の蔓は肌の上を這い回る。

「なにっ、やめて、やめろーっ」

だが植物の化け物に言葉が通じるはずもなく、咲也がもがけばもがくほど、蔓の動きはいやらしくなり、なんと乳首の先を突かれてしまった。しかも、脚を這っていた蔓が、咲也の股間を触り始めたのだ。身体をいじられて吐き気がするほど気持ち悪い。咲也は叫んだ。

「嫌だーっ！」

地上で見上げている『ミミたん』が小さく小さく見える。

身体を弄りまくられて、最後はあの、開いたり閉じたりしている花に食べられるんだ。どうすることもできなくて、咲也はぎゅっと目を瞑った。

蔓は股間を扱《しご》くように動いている。そんなことをされたのは初めてだった。人ではないものに辱《はずかし》めを受け、生理的に勃起《ぼっき》してしまいそうで情けなくて泣けてくる。どうしてこんな目に会わなきゃいけないんだ。異世界で医師として生きるために転移したはずなのに。

だが、身体を締めつけ這《は》い回っていたものが、急にぐにゃりと力を失った。

（落ちる――）

この高さから地面に叩きつけられたら……。

さっきから驚きとショックの連続だというのに、そんなことを冷静に考えている自分がいた。だが、あいつに好きなようにされて食べられるよりはましだ。そう思った時、咲也はどさりと何者かに受け止められた。人間だ。人間の腕だ。

ぎゅっと瞑っていた目をそうっと開けると、金色の髪をなびかせた青い目の男が自分を見下ろしていた。膝をつき、まるで姫を抱くように。片手には血で濡れた剣を持っている。臭いでそれは血液だとわかった。

（あの化け物の？　この剣で斬ったのか？）

「大丈夫か。怪我はないか」

受け止めてくれた彼は、気遣うように訊ねてくる。

（あ、えっ?、ちょっと……）

咲也の身体を起こそうとして、男の腕の筋肉が動いた。咲也はその感触に意識を惹きつけられる。本当に、こんな時だというのに。

自分を乗せている腿《もも》の逞《たくま》しさ、剣を握る上腕二頭筋の美しさ、そして顔が小さく見えるほどの肩幅、衣服から見える鎖骨……あんな化け物を相手にしたというのに、その体躯は怪我も負わず、その美しさ雄々しさを咲也に見せつけていた。

それに比べ、自分はどうだ。化け物に襲われたのだから仕方ないが、白衣はところどころ破れ、ネクタイはだらりと垂れ下がってヘロヘロだ。

「おい、大丈夫か」

再度かけられた声に、咲也は我に返った。

「は、はい、大丈夫です。助けていただいてありがとうございます」

立て続けにいろんなことが起こって、何から話せばいいのか混乱したが、これだけは言わなければ。

医師として、そして命の期限が残り少なかった者として、命の重さは本当にわかっているつもりだ。彼に助けられなかったら、自分はあの化け物に食べられていただろう。異世界に転移して生き返るというチャンスを生かせることもなく。

そうして、そろそろと立ち上がった咲也の目の前にいる男。これが一連の驚きのクライマックスなのか。とにかく、こんなに完璧な美しい体躯をもった男は見たことがない。

咲也は筋肉と骨格が好きだった。マニアといってもいい……人の身体が大好きなのだ。エロい方向ではなく、人体が好きという意味だ。

咲也を助けてくれたその男は、ワイルドな美しさを裏切るような、低く穏やかな声で話しかけてきた。

「随分好きにやられていたな」

「えっ、あれは、その……」

「あれは好色なやつだからな」

何をされたか見られていたのだ。咲也はいたたまれなくなる。だが、男は容赦ない。

「それより、おまえ、なんでそんな変な服を着ている。顔の上に乗っているのはなんだ。どこから来た」

「あ、あの、地球……というか、ここことは違う世界から……そしてこれは眼鏡といいまして……」

いつもならもっと系統立てて答えられる。

だが、異世界に転移して心の準備をする間もなくあまりにも突然に、喋るうさぎとか植物の化け物とか、理想の体躯をした男に助けられたりとか——。頭が混乱して冷静に情報を処理できないのだ。壊れたファイルを動かそうとするパソコンのように。

「あのね、万年木のうろの中で寝てたんだよ！」

『ミミたん』が耳をぱたぱたと羽ばたかせながら男に説明している。そうして、男の手のひらの上にちょこんと降り立った。

「クピットか」

『ミミたん』は「うん」と耳をぱたぱたさせる。

「喋るということは情報屋か」

「今はどこにも雇われてないよ」

（クピット？）

うさぎじゃないのか……。それに、なんだかよくわからない話をしている。情報屋とは？

だが、屈強《くっきょう》な男が可愛いぬいぐるみのような動物に話しかけている様子は、とても微笑ましいものだった。周囲は倒れた化け物の残骸に、流れた血のあと……惨憺《さんたん》たる状況だが、咲也はそういうものには動じなかった。外科医たる所以《ゆえん》なのか。

一方、男は咲也をじっと見つめてきた。何かを探ろうとするような目で。

「万年木の中にいただと？」

「そうだよ、あんな神聖なところで寝てる人がいるもんだから、びっくりしちゃったよ」

『ミミたん』はちょっと興奮気味に話している。

あの木は、そんなに神聖なものだったのか……、あそこで眠っていたということは、あれが異世界へ通ずる場所だったのかな？

それにしても、この世界に転移してきたのだと言って話が通じるものだろうか。咲也が戸惑っていると、男は青い目で咲也をじっと見つめてきた。いや、目を瞠っているといった方がいいだろうか。

（なんだろう。僕はこの世界でよほど変に見えるんだろうか）

「俺はティーダという。おまえの名は」

彼の視線に戸惑っていたら突然名を告げられて、咲也は慌てた。

「あ、あの、名乗るのが遅くなってすみません。僕は、ハナムラサキヤといいます。ちょうどあそこを通りかかられたのでしょうか？　本当に命拾いしました」

「ハナ？」

ティーダと名乗った男は訝《いぶか》しげに訊ねてきた。

「それは、えっと名前の前につく姓といいまして……」

こんな説明いるのか……？

咲也は汗で滑っていた眼鏡の位置を直す。ティーダは眼鏡をじっと見る。珍しいのだろうか。この世界に眼鏡はないのか？

「姓はいらん。ここでは皆、誰もが名前だけで呼び合う」

そうなのか。咲也はティーダに従って答える。

「では、僕はサキヤといいます」

「サキャ？」

ヤが発音しづらそうだ。ところで、異世界に来たというのに当たり前に言葉が通じているのは、転移した時に力を授けられたのだろうか。

「呼びにくいですか？」

「そうだな、舌を嚙みそうだ」

「では、サキと呼んでください」

わかった、とうなずき、ティーダはおもむろに答える。

「ジンラゴラが暴れ出したから様子を見に行ったら、おまえがやつの触手に捕らえられていたんだ。もう少し遅ければおまえはあいつに弄ばれたあげく、喰われていただろう」

淡々と語られて、咲也はゾッとした。だが、ティーダと名乗った男は、ふっと口元をほころばせた。

「無事でよかった」

そしてまた見つめてくる。咲也はやっぱり戸惑ってしまい、「本当にあなたのおかげです」という答えが早口になってしまった。

「ジンラゴラって、さっきの化け物のことですか？」

「化け物じゃない、魔獣だ」

ティーダは淡々と答える。

(化け物と魔獣は違うのか……)

とにかく
「様子を見に来たと言われましたが、パトロールをされていたんでしょうか」

この世界の警察的な……？　だが、ティーダは眉根を寄せた。

「パトロール？」

「あっ、すみません、地域に危険がないか巡回することです」

(通じない言葉もあるんだな……)

特に、現代的な言葉は気をつけよう。咲也がひとつ学習した時だ。『ミミたん』が耳をぱたぱたさせた。

「ティーダは冒険者なんだ。だから魔獣が暴れるとやっつけに来てくれるんだよ！」

「おまえ、俺のことを知っているのか？」

「ティーダは有名だからね。なんといってもゴールドランクの冒険者だから」

『ミミたん』のふさふさの耳を摘まみ、ティーダはひらひらと動かした。

「クピットは進化した耳のために情報通だというが、本当なんだな」

（冒険者？　倒す？　ゴールドランク？）

わからないことが全部顔に書いてあったのだろう。『ミミたん』はティーダに促してくれた。

「いろいろ説明してあげなきゃわからないよ。だってサキはチキューとかいう、異世界から来たんだもん」

なんて賢くて気がつく子なんだろう。その上可愛いし。『ミミたん』には本当に感謝だ。しかも、『ミミたん』が起こしてくれなかったらあの場から逃げ出せなかった。このコも命の恩人？　なのだ。

「お願いします！　さっきこの世界に来たばかりで、本当に何もかもがわからないんです！　この世界のことをいろいろ教えていただけないでしょうか」

咲也は手を握り合わせ、一生懸命頼んだ。言葉は通じるものの、彼らと今離れたら、右も左もわからないのだから。しかも、あんな魔獣がいるような世界なのだ。不安で仕方なかった。

「ぼくも、サキがなんで万年木の中にいたのか知りたいな。ねえティーダ」

『ミミたん』は無邪気に言い、ティーダはしばらく考え込んでいた。

「確かに、違う世界からやってくる者がいるという話は聞いたことがある……それに」

ティーダはそこで言葉を切った。それに……なんだろう。ティーダはまた咲也を見つめてくる。今度は、目をじっと。眼鏡越しとはいえ、真っ直ぐすぎて、咲也は思わず俯いてしまった。

「おまえの黒い目は生まれつきのものか？」

「は、はい」

それは僕が日本人だから……だが、ティーダが何を聞こうとしているのかがわからない。

「僕の目がどうかしましたか」

「この世界には、黒い目の者はいないと言われている」

「ほんとだ！　確かにそうだね」

『ミミたん』も肩の上の至近距離で咲也の目をじっと見る。

「そうなんですか――？」

「だから、確かにおまえは異世界からやってきたんだろう」

そう言って、ティーダはふと目を細める。

「初めて見たが、美しいものだな、黒い目も」

いえそんな、むしろあなたの青い目の方が……。

だがそんなことは言えず、咲也は恥ずかしくなって小さな声で礼を言った。

「ありがとうございます。ティーダさん」

「ティーダでいい。そんなふうに呼ばれると落ち着かない」

「は、はい」

ティーダをいきなり呼び捨てにするということは抵抗があった。なんと言っても命の恩人なのだし……だが、彼がそう言うのだから気をつけようと思う。

「わかった。では、とにかく家でいろいろ話すとしよう。おまえが万年木の所に——この世界へ来た経緯も聞きたい」

着いて来い、とティーダは咲也を促した。咲也の肩には、ちゃっかり『ミミたん』が乗っている。

「ティーダさ……ティーダ。この森を抜けるのにどれくらいかかるのですか？」

「一時《いっとき》くらいだ。サキ」

（いっときってどれくらいなんだろう。一時間くらい？）

咲也がこの世界の時間の概念を考えていたら、肩の上の『ミミたん』が鼻をむずむずさせた。

「みんな名前があっていいな。ぼくも名前ほしいな」

「名前、ないの？」

「ないよ。クピットって全部まとめて呼ばれてるんだ」

「親とか仲間とか友だちとかは？」

「クピットは群れないの」

ちょっと淋《さび》しそうに耳をぱたんと下ろす。その様子に咲也の胸はきゅっと痛くなった。気づいたら行動を共にしているが、この子が「逃げなきゃ」と起こしてくれたのだ。咲也はこの子に名前をプレゼントしたいと思った。

「じゃあ、『ミミたん』はどう？」

第一印象の、癒やし系人気キャラの名前をそのままだけど、もう、それ以外に考えられないくらいにそっくりだし。

「ミミたん！」

とても気に入ったようで、ミミたんは耳をぱたぱたさせた。

「嬉しいな、嬉しいな、サキ大好き！」

大好きなんて言葉、元の世界で言われたことがない。咲也は、肩の上のミミたんを抱き上げてぎゅっとする。そうせずにはいられなかった。

以前の咲也は口数も少なくクールなたちで、友人はいてもふざけ合うようなことはなかった。それが自分なんだと思っていたけれど、転移して性格まで変わったのか、ミミたんときゃっきゃしている自分に内心驚いていた。しかも相手は飛ぶうさぎなのだ。クピットというらしいが。

（生き返って性格も変わったんだろうか）

いや、見知らぬ世界に放り出されて、少しでも関わってくれる者には、こちらから積極的に働きかけなければならない状況だからだ。それこそ、溺れる者がワラをも摑むように。

（でも、彼らはワラじゃない。可愛いうさぎ……じゃなくてミミたんと、逞しくて美しいティーダだ……ぶっきらぼうかと思うと、ふっと優しかったりする……）

その時、いきなりティーダが振り向き、咲也をキッと見つめてきた。

眼光の強さに後ずさってしまう。ティーダは少々憮然《ぶぜん》とした口調で言った。

（え、な、なんだろう？）

「むだ話してないで早く来い、サキ」

気がつけば、彼からかなり遅れてしまっている。咲也は懸命に足を速めて彼に追いついた。ティーダは、ちゃんと立ち止まって待ってくれていた。咲也は、そのことをとても嬉しく感じる。

森の中をしばらく歩くと、だんだん視界が開けてきて、乾いた土の道がずっと続く場所に出た。ここが森の出口だという。しばらく進んで橋のない川を渡ると、やがて白っぽい漆喰《しっくい》に、茶色い屋根の家が並ぶ集落が見えてきた。

「トイの村だ」

ティーダが指差した。

＊＊＊

村に入ると、そこには昔のヨーロッパの片田舎のような風景が広がっていた。

歴史には明るくないが、十八～十九世紀くらいだろうか。車はもちろん、自転車も見ない。道は舗装《ほそう》されておらずに行き交う人々は馬か荷馬車、徒歩である。

男はみな、シャツやチュニック風の上着に革やウールっぽいボトム。ティーダの服装も白いシャツと革のベストにブーツだし、女の人はみなくるぶしくらいの長さのドレスを着て、ショールで顔の周りを覆ったり、簡素な帽子をかぶったりしている。

転移というよりも、タイムスリップしたような感じだ。現代日本とは明らかに違うその様子を見て、咲也は不安になってしまった。

（でも、歴史上でそれぞれの医学があったように、魔獣がいるこの世界にも医学はあるはずだから）

そうして到着したのは、トイの村の外れにある平屋の家だった。

「ここが俺たちの住処《すみか》だ」

村の他の家と同じように、漆喰と茶色い屋根の作りだが、古いのか、手入れができていないのか、壁にはところどころヒビが入り、屋根には草が生えている。窓辺にきれいな花が飾られている家が多かったが、もちろんそんなものはなかった。

（俺たちってことは、家族がいるのかな？）

考えていたら、元気よく木製の扉が開けられた。

「お帰りなさい！」

出てきたのは華奢な少年だった。日本でいえば中学生くらい？　だが彼の姿は、ティーダや村で見かけた人たちとは違っていた。耳が大きくて尖っているのだ。眼もとっても大きい。

「あれ、珍しい。お客さま？」

皆と違う格好をして、見るからに異邦人《いほうじん》な咲也に、彼は人なつこく笑いかけてきた。

そして。

「この人、目が黒い！」

それは嫌な感じではなく、好奇心いっぱいの様子で、大きな目がきらきらしている。咲也は緊張して、ぎこちなく「こんにちは」と頭を下げた。

「そうだ。チキューという異世界からやってきたらしい。ジンラゴラに襲われているのを助けたんだが、困っているのでとりあえずここに連れてきた。名前はサキだ」

必要なことだけ告げて、ティーダは家の中へ入っていく。

「サキといいます。初めまして。お邪魔します」

咲也があいさつすると、少年はぱあっと顔を輝かせた。

「僕はリーデっていいます。この家でみんなのお世話をしてるんだよ。ティーダが誰か連れてくるなんて初めてだよ！　しかも異世界からのお客さまだなんて！　そっちのクピットさんは？」

「ぼくはミミたんだよ！」

彼は得意そうだった。名乗るのが初めての場面だったからだろう。とても微笑ましくて、咲也はほっこりする。

「喋るクピットさんなんだね、ミミたん、よろしく」

「よろしくね！　リーデ！」

二人と一匹が家の入り口でそんな話をしていると、台所の向こうの部屋からティーダがリーデを呼んだ。

「リーデ、何か食べるものはあるか？」

「うん、簡単なものだけどすぐに用意するよ。ちょっと待ってて。あっ、サキさん、とりあえず好きなとこに座って」

リーデに言われ、咲也はおずおずと、ティーダの向かいの椅子に座った。

長い脚を組んで座っている姿も、とても様になっている。無造作に髪を掻き上げる姿はまるでモデルのようだ。ゲームキャラみたいなコスプレをしているスーパーモデルがここにいる。

テーブルも椅子も荒削り《あらけず》な木製だった。他には椅子が二つ。

（あと二人、住んでる人がいるんだな）

「ジャンとルハドはどうした？」

「酒場へ行ったよ。今日は帰らないんじゃないかな」

リーデは何やらいい匂いのする鍋をかき回している。

「相変わらずだな。俺はここで飲む方が好きだ」

ティーダは壁に直接取りつけられた剥き出しの棚から、緑色の瓶と、湯飲みのようなカップを取り出した。

「サキも飲むか？　安物の木の実酒だが」

不意に言われ、咲也は手をぶんぶん振って辞退した。

「いえ、僕はお酒は……」

「飲めないのか？」

「すごく弱くて、すぐに赤くなって眠くなってしまうので……」

持病があるとはいえ、飲酒を止められているわけではなかった。気晴らし程度には飲むけれど、言ったことは本当だった。

「それでは仕方ない」

ティーダはすっと引いた。これまでの流れを思うに、有無を言わせない感じもあったけれど、無理強いはしないんだな。咲也はまたほっとする。

「おつまみだよ！　サキさんもいっぱい食べてね！」

リーデがまず持ってきた木製の皿には、チーズに、ドイツ製のような大きなソーセージ、豪快に皮のまま焼かれたジャガイモが載っていた。ジャガイモは頂点に切れ目があり、そこからバター（多分）がふんだんにあふれている。とっても美味しそうだ。

「俺と会った時から何にも食っていないだろう？」

魔獣がいるような世界だけれど、食べ物は同じみたいだ。安心したけれど、好きに取ってしまっていいのだろうか。

咲也はそういうことを気にするタイプだった。上下関係が特に強かった職場だったせいかもしれない。風通しの良い医局ももちろんあったけれど……って、あの、取り皿はないのだろうか。

単に添え忘れただけ？　だがティーダも何も言わない。木製のフォークが渡されたけれど、べたべたして、油がこびりついている感じだ。

「何してる。食わないのか？」

「あの……」

咲也は特に潔癖症《けっぺきしょう》なわけではない。だが、油ぎったフォークを使うのはさすがに躊躇《ちゅうちょ》した。

「ほら、口開けろ」

目の前に、ティーダがソーセージを差し出してくる。咲也が遠慮していると思ったのだろうか。

（えっ？　こ、これは「あーん」では……）

それに、外から帰って食事の前に手は洗った？　洗ってないですよね？　咲也は今頃気づく。フォークもそうだけれど、衛生的に、あの。

言及すべきはそこだが、咲也の真正面には彫りの深い整った顔、フォークを持つ指の、しっかりとした間節、手首から肘にかけてのハリのある皮膚、筋肉。目を奪われてしまう。そして濃い青い目が眇められ「食べないのか」と無言で訴えてくるのだ。

（あ、あーん……）

咲也は思い切って口を開けた。おそらく乳幼児の頃に母親にしてもらって以来の「あーん」を異世界で、筋骨逞しい美男からされようとは。

ぱくっ、と咲也はソーセージを口にした。美味しい！　本格的な腸詰めのソーセージで、噛むと口の中で肉汁とスパイスが弾けるのだ。

「おいしい……」

空腹だった。先程までの躊躇は食欲がかっさらっていった。咲也は二口めのソーセージにかぶりつく。目を細め、肉汁の残った唇をも舐めてしまった。ティーダはソーセージを刺したフォークを持ったままだ。

「おまえ……それはわざとなのか」

ティーダが眉根を寄せて訊ねる。なんとも微妙な表情だ。

「何がですか」

咲也は口をもぐもぐさせながら訊ね返した。マナーの悪さはわかりつつ、こんなに食べ物が美味しいと思ったことはなかったからだ。

「いや、いい。気に入ったのならたくさん食べればいい」

ティーダは怪訝な顔をしつつ、カップの木の実酒を飲み干す。

いったいなんだろう。だが、怒っている様子ではないからいいのだろうか。そこへリーデが大鍋を運んできた。

「お待たせ！　肉と野菜の煮込みだよ！」

リーデはちゃきちゃきと煮込み料理を取り分ける。今度は木をくりぬいたお玉とおぼしき物を使っている。ポトフのような感じだ。ミミたんには野菜がちゃんと用意されていた。

「わーい！」

ミミたんは耳をぱたぱた、大喜びで咲也の肩からテーブルの上にぴょこんと下りて、野菜をもぐもぐ食べ始める。

「リーデさん、さっきのソーセージ、とても美味しかったです」

ティーダの隣に座って自分の分を取り分けていたリーデに、咲也は感動を伝える。

「よかった！　美味しかったって言われるのが一番嬉しいよ。それなのにここの人たちはそういうこと言ってくれないんだよね。あ、僕のことは気軽にリーデって呼んでね」

さらりと言葉に挟まれた愚痴？　嫌味？　皮肉？　にティーダは涼しい顔で答える。

「リーデが作ってくれるものは美味いといつも思っている」

「じゃあ、たまにはそう言ってよね」

家族のような親密さを感じさせるやり取りを聞きながら、咲也は思案していた。

……新しく渡されたスプーンもべとべとしていた。確かに洗剤があるようには思えないが、カトラリーの汚れはやはり気になった。ティーダをちらりと見やると、彼は普通に食べている。この状態は、おそらくこの家だけではないのだろう。カルチャーショックだが、えーい、咲也は思い切った。郷に入れば郷に従えだ。それに、食べないのは作ってくれたリーデに失礼だ。

スプーンで熱いスープを掬い、はふはふしながら煮込んだ肉や野菜をひと口食べた咲也は、またまたその美味しさに唸った。

豚肉だろうか？　肉はぶつ切りで大きいが、口の中でほろりと崩れてしまう。一緒に煮込んでいる玉ねぎや人参も大ぶりだが、やはりほろほろ柔らかい。

「美味しいです！」

「おまえ、さっきからそればっかりだな。チキューとやらでは何を食っていたんだ」

「仕事が忙しくて、いつもコンビニのお弁当とか、デリバリーのピザとか……」

「コンビニ？　デリバリー？」

ティーダが眉根を寄せる。

「僕の世界にあった、食料調達の手段です」

そう、咲也にとって食べることは食料調達だった。持病があるのだからバランスの取れた食事を摂らなければいけないことは十分すぎるほどにわかっていた、だが、まったく食を大切にしていなかった。医者の不養生《ふようじょう》もいいところだ。

「今日のソーセージはギルドでいい鹿肉が手に入ったから僕が詰めたんだ。煮込みはティーダたちが仕留めてきた山豚の塩漬けだよ。お客さまが喜んでくれて嬉しいな」

（この世界では）変わった服を着て（慣れない世界に）おどおどしている、異世界から来たという咲也に、リーデはそう言ってくれた。

（優しい子だな……）

噛みしめつつ、「ありがとう」と心を込めて。こんなに美味しいものがある世界ならば、きっと僕も生きていけると咲也は思う。

鹿と山豚か。以前に高級店で食べたジビエはあまり好きになれなかったが、今日は本当に美味しいと思った。

温かい食事のテーブルだった。おそらくはこの家の主であろう男と料理人、喋るうさぎに、異邦人が同じテーブルについている。

（奇跡みたいだ……）

ティーダに会えてよかった。この世界に転移できてよかった。明日からはどうなるかわからないけれど……。

咲也はしみじみと思い、リーデの料理を味わったのだった。


後片づけを手伝ったが、フォークやスプーンは溜めた水につけてざっと洗うだけだった。これでは汚れは落ちきらない。濡れた手も皆、自分の服で拭いている。

この世界の衛生観念がますます気になってしまったが、美味しい食事を振る舞ってもらって、口出しするのは気が引けた。だが、これはなんとかした方がいいと思いつつ、咲也も濡れた手を白衣で拭った。その白衣は、今日一日でところどころ破れ、かぎざきができて、ぼろぼろになってしまっていた。

（これは直しておかないと。僕の、大切な大切なものだから――）

そんなわけで、咲也の異世界――レザントス初の食事は終わった。

リーデは台所で仕込みやら何やらしている。ティーダは木の実酒とやらを手酌《てじゃく》で飲んでいて、さきほどは皆で食卓を囲んで心和《なご》むひとときを過ごしたものの、彼と二人で向き合うのは緊張した。

これから、森で言っていた様々な話をするのだろうが、いざとなるとどう切り出せばいいのか……戸惑っていたら、ありがたいことにミミたんが沈黙を破ってくれた。

「今日襲われたジンラゴラはね、木とか蔓草とかが魔獣化したものなんだ。だから触手があるんだよ」

では、あの触手というものは枝や葉が変化したものなんだな。でも、その前に……。

「ま、魔獣化？」

「魔族が魔獣に変えちゃったんだって」

魔族という言葉に咲也は寒気を覚えた。だから化け物と違うというのは理屈的にはわかったが、ここは、魔獣だけでなくそんなものがいる世界なのか？

「ジンラゴラはね、時々、ああやって人や動物を食べようとして襲ってくるの。そして、お腹いっぱいになったらおとなしくなるんだ」

「だから動物たちも逃げていたのか」

　咲也の背中に冷たい汗が流れた。襲われた恐怖は身をもって知った。自分はティーダが助けてくれたけれど、あのジンラゴラに襲われて怪我をしたり、命を落とした人はたくさんいるに違いない。魔獣は他にもいるのだろうか。

（それならば、魔獣に襲われた人々を手当したり、治療したりする時がきっと来る。それが、この世界に生き返った僕の使命なのかもしれない）

　それは武者震《むしゃぶる》いだったのか、恐怖だったのか。身震いする身体を鎮めようと、咲也はぎゅっと拳を握った。

「では、冒険者っていうのは？」

「平たく言えば、傭兵《ようへい》みたいなものだ。雇い主から仕事を請け負って働く。そのほとんどは魔獣や害獣の駆除だ。そいつらと戦って日銭《ひぜに》を稼いで、負けたら金も命もおしまいさ。中には、金目当てじゃなく、自分の信念のために冒険者になる者もいるが」

　その問いには、ミミたんでなくティーダ自《みずか》らが答えた。ひとりと一匹の会話を聞いていたようだ。

「魔獣との戦いって……今日襲われたジンラゴラより強いのもいるんですよね？」

「あいつなぞ、森にうじゃうじゃいる下級の魔獣だ」

「そんな……それじゃ、冒険者の方々は、毎日命がけじゃないですか！」

「この世に命をかけずに出来ることなんかない。生きることは命がけだ」

さらりとしたティーダの答えは、咲也の胸に重くズシンと沈んだ。しばらく何も言えなかったくらいに。

――生きることは、命がけ……。

自分も命の現場に身をおいて、そして自身も病を背負っていた。だがティーダの言葉は、今まで感じていたのとは違う命の重さを訴えかけてきたのだ。

（僕は、いつ死んでもいいようにと思って生きていた気がする……）

それは命がけとは言わない。死んで、生き返って、咲也は初めてそう感じた。

「ゴールドランクってゆーのはね、それだけ強い冒険者だってことだよ」

そしてミミたんが補足してくれる。冒険者には、ブロンズ（青銅）シルバー（銀）ゴールド（金）そしてプラチナ（白金）というランキングがある。ゴールドランクというのは、ティーダがいくつもの死線をくぐり抜け、生き抜いてきた証《あかし》だ。

「ジンラゴラより強い魔獣なんて想像できませんけど、ティーダはもっと強い魔獣と戦い続けているのですね……。僕、がんばります。魔獣に襲われたり、魔獣と戦う冒険者さんたちの力になれるように。そうすれば、きっとあなたにも今日の恩返しができると思います」

気がついたら、咲也は顔を上げて真っ直ぐにティーダを見つめていた。困難は承知だし、魔獣も怖いけれど、でも、自分に使命があるのなら。

「僕のことをお話しします」

咲也は居住《いず》まいを正した。

「僕は、一度死んだんです。前にいた世界で」

咲也はぽつぽつとこの世界――レザントス――へ来るまでのことを語り始めた。ティーダも、そしてミミたんも、真剣な目で聴いている。

「死んでしまったあとに、死後のことを審判するという人に出会いました。その人は、転生や転移を司《つかさど》るのだそうです。彼が言うには、生前にどうしてもやり残したことがある者は、死の間際《まぎわ》に強い光を放つのだと。僕は光を放っていたそうです。僕は生前は医者で、自分なりの医療をまっとうしたいと思っていました。それは叶いませんでしたが、異世界に転移してその思いをまっとうせよと、この世界に転移……生き返らせてもらったのです」

長い説明になってしまった。咲也がひと息つくと、ティーダは言った。

「医者だと？」

「はい、僕は病気で元々長く生きられないと言われていて、たくさんのお医者さまに助けてもらいました。だから、僕も医者を志《こころざ》したんです」

「サキ、長く生きられないの？」

ミミたんが哀しそうに訊ねてくる。

「ううん、生き返ることで運命は変わるって『審判する者』が言ってたよ。だから、僕がここでどう生きるかということだと思うんだ」

──その世界で命を燃やすことができれば、そなたは病《やまい》を克服《こくふく》し、医術をまっとうして恋や結婚も叶うかもしれぬ──

『審判する者』はそう言った。恋愛とか結婚とかそんなことは今は考えられないけれど、自分の命を燃やして生きていきたい。咲也は思いを新たにする。人に語るということは、自分の思いを確かめることでもあった。

「だから、僕の医療で、魔獣に傷つけられた人々をひとりでも多く救いたいです」

咲也はティーダに向かって答えた。だが、ティーダの表情は先ほどから胡乱《うろん》げだった。

「医療というのは医術のことか？」

咲也は「はい」とうなずく。

「この世界では、薬師《くすし》が医者を兼ねている。他は、怪しい医術を施《ほどこ》すやつらが多い。だが、魔獣に襲われた者を助けたいという者はいない。皆、魔獣などに関わりたくないからだ。確かに、戦いに従事する医者がいれば、それは良いことだと思うが……」

おまえにそんな技量と度胸《どきょう》があるのか？

そんなに大切なことを簡単に口にしていいのか？

咲也はティーダに問いかけられているような気がした。この世界で医者と名乗る者があまり信頼されていないことも同時に。

「僕は、大学病院──医者を育てる施設で学んで『医者である資格』を持っています。怪しい施術などしません。一度、僕を魔獣退治に同行させてください。きっと、皆さんのお役に立ってみせます」

そう、言い切った時だった。台所からリーデの「痛っ！」という悲痛な声が聞こえてきた。

「どうした？」

ティーダと共に台所に駆けつけると、リーデが左手を押さえてうずくまっていた。血がぽたぽたと落ちている。刃物で指を切ったのだ。

「リーデ！」

　咲也は彼の側に寄り添った。

「大丈夫ですか！　診《み》せてください！」

「手を滑らしちゃっただけ……。大丈夫。大したことはないよ。よくやっちゃうんだ」

「ぼく、血止めの葉を採ってくるね！」

　ミミたんは急いで外へと羽ばたいていく。

（血止めの葉？）

　刃物はざっくりとリーデの指の皮膚を裂いていた。出血も多い。リーデはミミたんが外から採ってきた、くすんだ緑の葉で傷口を覆った。そして指の根元を紐でぐるぐる巻きにしようとするのを、咲也は身体を張って制した。

「だめ！　それでは逆効果だよ！」

　咲也の迫力に驚いているリーデの手を払って紐を解き、傷口を確かめる。幸いなことに神経までは達していないようだ。

「おい、何をするんだ」

　諫《いさ》めようとするティーダの口調は尖っていた。だが、咲也は怯まない。

「僕は医者です。リーデの傷を診て治療します！」

咲也の迫力に少し圧された様子で、ティーダは黙る。咲也の腕前を見届けようと気持ちを変えたようだ。

「大丈夫だからね、安心して」

笑顔で語りかけるが、リーデの表情も、いったい何をされるのか不安そうだ。

傷口を確認して止血して、必要ならば抗生物質を投与。ガーゼと包帯を……。

――ちょっと待て。

（……薬なんてどこにあるんだ？　ガーゼと包帯がどこにあるっていうんだ……）

咲也は突如、愕然として固まった。大変なことに今頃気がついてしまった。だが、とにかく圧迫止血だけはしなくては。今あるもので、できることをするんだ。

咲也はリーデが結んだ紐を解き、ちょうどスラックスのポケットにハンカチが入っているのを思い出して傷口を覆い、両手でその部位を圧迫した。幸い、静脈系の出血だ。これでとにかく血は止まるはず……。

「何をしているんだ？」

ティーダは怪訝そうな顔で訊ねてくる。

この世界ではこの方法は存在しないのだろうか。

「こうして傷口を圧迫することで血を止めるんです。初めて見ますか?」

「ああ」

興味が湧いたのか、ティーダは咲也の手元をじっと見ているし、ミミたんは咲也が施す処置を見守っている。リーデは固まっているし、

「いつもは、さっきのようにシーダ(血止めの葉)を貼りつけて、傷の根元からきつく巻く。シーダは昔から伝わる、血止めの特効薬だ」

古くから伝わる薬草ならば効くかもしれないが……。

「でも、根元を縛るのは血行が悪くなって逆効果なんです」

「血行?」

ティーダとリーデの声が重なる。

「えっとですね、心臓からの血の流れのことで、その流れを長時間止めてしまうと、壊死《えし》といってその先の部位が死んでしまうんです」

かみ砕いて、できるだけわかりやすいようにと咲也は説明した。

止血法ひとつ取っても、自分が日々行ってきた医療と、この世界の医術、手当てについての常識は、かなり違うようだと感じたからだった。

「確かに、そんな話は聞いたことがある。血は止まったが、皮膚がどす黒くなって腕や足

が動かなくなってしまったと」

リーデの顔が真っ青になる。

「そう、それです！　本当にだめですよ！」

「そっ、そんなの絶対にやだよ！」

「ひどくなると、指が取れちゃうこともあるんだよ。でも、このやり方なら大丈夫」

「大丈夫……？　サキさんが治してくれる？」

涙目のリーデに優しくうなずき、透き通るように華奢な指を、咲也は懸命に圧迫した。

「まさに手当てという感じだな」

ティーダが呟く。

「そんな細い腕をしているのに、力は強いのだな」

その口調がしみじみとしていて、彼の視線が自分の手に注がれているのを感じ、咲也は頬が赤らむのを感じた。どうしてなのかわからないけれど、どきどきした。

「ごめんね、痛い？　強すぎるように見えますか？」

二人に対して同時に、早口で訊ねてしまう。

「ちょっとだけ……でも、大丈夫だよ」

リーデは微笑み、ティーダは「いや」と答えた。穏やかな口調だ。

「感心しただけだ」

「あ、ありがとうございます……」

「サキ、顔赤いよ」

ミミたんが冷静に指摘する。

ちょっとミミたん！　何も今、ティーダの前で言わなくても……！　僕自身もどうしてそうなるのかわからないのに。

「そ、それは力を入れてるから！」

「そっか」

ミミたんはあっさり納得したが、この会話をティーダが聞いていると思うと、より顔に熱が集まってしまった。

やがて血は止まり、咲也は傷口を固定するために、先ほどの血止めの葉を使った。

滅菌ガーゼや絆創膏もない今、古くから伝わる薬草だということを信頼したのだ。その上からハンカチの汚れていない部分を裂いて、包帯の代わりにした。

（大判のハンカチで助かった……）

本当は縫う方が傷跡もきれいに治るのだが、とにかく今はこれで精いっぱいだった。だが、今できることをやったのだ。

「終わったよ。もう大丈夫」

咲也が告げると、リーデは笑顔で答えた。

「今までよりもずっと痛くないよ！　サキさんってすごいお医者さんなんだね。ありがとう！」

──ありがとう。

そのひとことが嬉しくて、そして今日一日の緊張がどっと緩んで、咲也は涙ぐんでしまった。そして、その涙はあとからあとからあふれてくるのだ。

咲也が突然泣き始めたので、ティーダは驚いて眼を瞠っている。リーデとミミたんもあわあわとしている。

「今日……一日、いろんなことがありすぎて……」

ここには縫合針も糸も、麻酔薬も注射も抗生物質も何もない。ガーゼも包帯もないのだ。

その上、治療の仕方や衛生観念に感覚の違いがあり、そもそも医療が十分とは言えそうにない世界なのだ。それなのに、あんな魔獣がいるのだ。本当にどうすればいいのかわからないと思った。

「でも、リーデの治療ができて、ほっとしたら、涙が止まらないんです……っ」

「サキさん……」

リーデも涙ぐんでいる。

「ああ、そうだな、おまえのすべてはここからだ」

ティーダの口調には咲也を励ますような響きがあった。

それがまた涙腺を緩くして、咲也はますますティーダに甘える駄々《だだ》っ子のようになってしまう。

「だから、だから……っ」

「ああもう、わかったから泣くな」

次の瞬間、咲也はティーダの広くて厚い胸に引き寄せられていた。

「ほら、涙を拭け」

眼鏡を取られ、上を向かされたかと思うと、骨張った指で涙を拭われた。荒っぽいが優しい、その感触に浸ってしまう。今まで、誰にもそんなことをされたことがない……。

「泣き止んだか。まったく……。そんな顔をするな」

彼は困った顔をしていた。きっと泣きすぎてぐちゃぐちゃな顔になっているんだと思うと恥ずかしくなったが、たくさん泣いて気持ちを吐き出したせいか、心は軽くなっていた。

「この俺を泣いて困らせるとは、おまえはけっこう大物なのかもな」

それはどういう意味なのかわからなかったが、泣き止んだ咲也は小さく頭を下げた。

「すみません……でも、泣いたらすっきりするんですね。知らなかったです」

こういうのをカタルシスというんだな……思いながら、咲也は自分がまだティーダの胸に寄りかかっていることを忘れていた。

（それに、人の体温ってすごく安心するんだな。医者なのに、それすら知らなかった……ん、体温？）

「うわあああっ！　すす、すみません！　いつまでもくっついていたりして！」

「そうしたのは俺だ。なぜ謝る」

焦る咲也に対し、ティーダは事もなげに答える。

「だだ、だってですね」

「それよりもサキ、おまえ骨と皮じゃないか。ちゃんと食べているのか？」

「いえ、さっきも言いましたけど仕事が忙しくて……」

「だからこそしっかり食べるべきだ。そんな心根では、ここでやっていけない」

ティーダは咲也を見据える。まったくもってその通りだ。

「まずはたくさん食べて、もっと肉づきよくなることだ」

「肉……づき……っ？」

「肉づきってなあに？」

ミミたんが訊ねる。

「もっと太るということだ」

「抱き心地がよくなるってこと？」

「おまえ、そんなこと、どこで覚えてきたんだ」

本人を目の前にして、これはセクハラ……になるのでは……！

ティーダとミミたんのやり取りを聞きながら、咲也は焦った。だが、この世界にそういう概念はないだろうと思い留まる。

それにしてもティーダのやることと言うことには翻弄《ほんろう》されてしまう。

ソーセージの件とか、『好きにやられていた』とか、『この俺を泣いて困らせる』とか、指で涙も拭ってくれた。そして今度は『肉づき』ときた。すべて、妙にドキドキしてしまうのだ。

（男性はもちろん、女性に対しても、こんなこと今までなかったのに……）

戸惑う咲也の耳に、いつの間に台所に戻っていたのか、リーデの元気な声が届く。

「サキさん、お疲れさま！　お茶を淹れたよ！」

「リーデ、無理しないで！」

「大丈夫、切ったのは左手だから。それに、サキさんの手当てのおかげで本当にラクなんだ」

「でも、しばらく動かさないで」

などと言いながら、テーブルの上にささっとお茶の用意が調えられる。

これ、カモミールかな？　僕の好きな香りだ。あったかいハーブの香りのお茶をひと口飲んで、咲也はほっとひと息ついた。

「サキ、おまえもここに住むか？」

「ええっ！」

今夜は泊めてもらえないかお願いして、明日から住むところを探そうと思っていたところだったのだ。

「い、いいんですか……？」

「おまえの医術とやらを、もっと見てみたくなった」

「それは、僕を医者だと認めてもらえたと……いうことですか？」

ティーダは不敵な表情で笑う。そんな笑顔も素敵だ。だが、咲也はまだ驚きでぼーっとしていた。

「家にお医者さんがいるなんてすてき！　すごい！」

リーデは大喜びだ。咲也の手当てに心から感謝しているのが伝わってくる。

「明日から、僕が美味しいものたっくさーん食べさせてあげるからね！」

「あっ、ありがとう。でも無理はしないで。傷が開くといけないからね。それから僕のことはサキって呼んで！」

「うん！」

「決まりだな。どうだ？　クピットも一緒に」

「ミミたんだってば！」

ちっちゃな口を尖らせながらも、ミミたんも嬉しそうだ。咲也はまだ信じられないでいた。

ティーダは咲也の肩をたたく。

「では、明日は早速、おまえの服の調達だ」

「は、はい。本当に、本当にありがとうございます！」

感謝の言葉はそれしか出てこない。だが、ありったけの心を込めて、咲也は礼を言った。

白衣は繕《つくろ》ってしまっておこう。眼鏡は替えがないから大切にしなければ……。

「椅子とベッドもだよ、あ、それからお皿とかも用意しなきゃね」

リーデは楽しそうに咲也に笑いかける。

自分を迎え入れるための相談がされていることが嬉しい。言葉にならないくらいに嬉しい。この世界に居場所ができたのだ。

（これから、この世界の医者としてたくさんのことを学んでいこう）

カモミールには鎮静作用があるという。今日一日の疲れを癒やされ、咲也の心は穏やかに満たされていった。


「今日はジャンたちがいないから、どこでも空いているところで寝ればいい」

とは言われたものの、空いている二つのベッドは、物置なのかベッドなのかわからないような状態だった。特に片方はブーツまでもがベッドの上に放り出されており、シーツは黄ばんでいる。何日も洗っていないと思われた。

この二つに比べればティーダのベッドはこざっぱりしているが、彼は着替えずに上半身裸で寝転がっている。

「ジャンのベッドより、ルハドの方がまだマシだろう。壁際の方だ……俺はもう寝る」

見れば、リーデも着替えずにそのままだ。この世界はこういう生活様式なのか。またカルチャーショックだ。

とにかく、疲れていたので横になりたかった。まだマシだと言われた壁際のベッドに靴を脱いで上がったが、シーツがじんわりと湿っている。いや、濡れている？　窓から遠いこの場所は、一日中翳っているのだろうか。もう一方の黄ばんだシーツといい、洗濯の回数も少ないのだろう。

「寝ないのか」

咲也がベッドの隅で座り込んでいるのに気がつき、ティーダが声をかけてくる。

「ちょっと、あの、シーツが冷たくて……」

「ああ、ちょうどベッドの上に雨漏りがすると言っていた。ルハドのやつ、まだベッドを移動させていなかったのか」

ティーダはベッドの上に起き上がり、何か考え込んでいる。そしておもむろに口を開いた。

「俺のベッドに来い」

今なんと？

咲也は耳を疑った。ティーダのベッドに？

「来いと言ってるだろう。来い」

「は、はいっ！」

ティーダの静かな圧に押され、咲也は彼のベッドに上がった。ティーダは咲也のための場所を少し空け、少し窮屈《きゅうくつ》そうに背中を向けた。

「早く寝ろよ。明日はいろいろ忙しい」

「ありがとうございます。おやすみなさい」

淡々としながらも、寝る場所を空けてくれたその心が嬉しい。かなり驚いたが……。

（優しい人なのかもしれないな……）

白衣を被り、身体を丸くして横になる。縮こまっても背中と背中が触れ合ってしまう。

（大きな背中……）

背中だけでも立派な体躯であることがわかる。筋肉と骨格のマニアとしては垂涎《すいぜん》ものだが、それよりも咲也が感じたのは、背中越しに伝わってくる彼の体温がもたらす安心感だった。

（さっきも……体温って、あったかいなって、思ったけど……ほんとに……）

うとうとし始めた時、ティーダが寝返りを打ったかと思うと、突然肩を引き寄せられた。

だ、抱き枕か何かと間違えられている……？。

目の前には呼吸で隆起する逞しい胸。見上げれば、整った貌、シーツにこぼれる金髪。

ワイルドと美形が同居している。長い、睫毛だな……。

ドキドキして眠れないと思ったのに、ティーダの腕の中で守られているような感覚が心地よくて、咲也は眠りへといざなわれていった。


「なんだこいつ？」

「ティーダが連れ込んだんじゃねえの？」

「あいつ、こういう貧相《ひんそう》なのが趣味かあ？　まあ男なのはあり得るとして」

目を閉じていても周りの空気が明るくなったのを感じ、もう朝か……とまどろんでいた咲也の耳に、男たちの会話が聞こえてきた。ティーダとも、リーデとも違う声だ。誰？

まだ目が覚めきらないまま、咲也はうっすらと目を開けた。

目の前には二人の男。ひとりはティーダよりも背が高く、プロレスラーよりも、力士よりも隆々と盛り上がった筋肉に、シャツも着ずに革のベストを羽織った大男。もうひとりはすらりとしなやかな身体に真っ直ぐな黒髪の、どちらかというと優男《やさおとこ》で、長い筒を肩から背負っていた。

「お、起きやがった」

大男が、にかっと笑いながら咲也を覗き込んできたので、咲也は反射的にティーダの背中にしがみついてしまった。食べられてしまいそうな迫力だったのだ。

「黒い目？」

黒髪の男が訝しげに咲也を見るが、大男はにやにやと笑った。

「ティーダもお目覚めか。なんだよこの子ヤギちゃんはよ。どこで拾ってきたんだ」

そこは子羊じゃないのか？　なんで子ヤギ……。などと文句が言えない咲也にしがみつかれ、目を覚ましたティーダは眉間を険しくして男二人を見上げた。

「朝帰りのやつらに言われたくない。サキ、別に取って食われたりしないから離れろ」

「あっ、ごめんなさい！」

咲也はティーダの背中からぱっと手を離す。だが、その時ティーダは険しかった表情をほころばせて、ふっと笑ったのだ。

「謝るようなことじゃないだろうが」

咲也はなぜか顔が赤らむのを感じ、男二人は顔を見合わせる。ティーダが笑ったことが、いかにも意外そうな顔だった。

「こいつらは俺の仲間だ。でっかい方がジャン。細い方がルハド」

ティーダが男たちを紹介してくれたので、咲也はドキドキしながら自己紹介をした。こいつはなんだと品定《しなさだ》めされているような二人の視線が痛い。

「はっ、初めましてサキヤです」

「サキだ」

ティーダが「サキ」と補足してくれて、緊張していた咲也は心強さを感じた。だが、二人の顔には変わらず、「何者だ」と書いてある。

ティーダはベッドの上であぐらをかいたまま、ジャンとルハドをゆるりと見上げた。

「ジンラゴラに襲われていたのを、そこの喋るクピットと一緒に助けた。異世界で一度死んで、この世界に生まれ変わったと言っている。行く当てもなく、困っていたからここへ連れてきた」

「はあ？」

突然、突拍子もない話を聞かされて驚いたのだろう。大声で聞き返したのは、大男のジャンだ。『ジャックと豆の木』の大男を思い出させる風体だった。

「異世界？　生まれ変わっただと？」

「だから、この世界には存在しない黒い目をしているんだな。おまえも聞いたことがあるだろう？」

傍らでルハドが補ってくれたが、顔にはありありと怪訝そうな表情を浮かべている。

「万年木のうろの中で眠っていたんだよ！」

いつの間にかミミたんが咲也の肩に止まっていて、「ぼくはミミたんだよ！」と名乗ってから、耳を振り振り、咲也を見つけた経緯を話してくれた。

「それで妙な服を着ているのか。異世界からやってくる人間がいると話には聞くが、実際に会うのは初めてだ。なあ、ジャン」

ルハドは切れ長の灰色の目で咲也をじっと見て、ジャンに同意を求めた。

「俺にはティーダが連れ込んだ子ヤギちゃんという方がしっくりくるね。大体、ティーダが困ってるやつを拾ってくるなんて」

「リーデだって拾ってきたじゃないか」

そこで出てきたリーデのことは気になったが、ジャンとルハドの不躾《ぶしつけ》な視線と言葉に、咲也は怯《ひる》んでしまう。仲間だと言うけど、ティーダにも失礼じゃないか。

（それに、連れ込んだ連れ込んだって、ティーダさんは男が好きなんだろうか）

確かに男も女も夢中にさせてしまいそうだが……。

ジャンやルハドと同じような格好をして、冒険者として魔獣退治を生業《なりわい》にしているとしても、ティーダは二人とはどこか違っていた。具体的に上手く言えないのだが、言葉遣いとか、まとっている雰囲気とか……？

「おまえたち、俺が黙っていると思ってえらく言いたい放題だな。いい加減にしろよ」

二人を制したティーダの口調には、静かながら、逆らえない雰囲気があった。ジャンとルハドの態度が、ぴりっと引き締まるのがわかった。

「サキは医者だという。医者ならば俺たちの力になるだろう。だから連れて帰ってきたんだ」

「医者？」

ジャンとルハドは、今度は揃って大きな声を上げた。

そんなに大声を出すほど医者に見えないだろうか……見えないだろうなこの状況では。それに、この世界の医者は、あまりよい印象ではないらしいし……しぼむ心を奮い立たせ、咲也は中指で眼鏡のフレームをきりっと上げた。

「はい、前の世界で僕は医者でした。この世界、レザントスに生まれ変わり、医者として働くことが僕の使命であり、願いです」

「昨夜、リーデが誤って指を切ったが、見事な手当てだった」

フォローしてくれるんだ。しかも、見事だなんて……咲也は嬉しく思ったが、二人の訝しげな視線は変わらなかった。

「ジャンとルハド、帰ってきたの？　朝ごはんできてるよ！」

そこへリーデが呼びに来てくれたので、気まずい雰囲気は一旦、収束され、咲也はほっと胸を撫で下ろした。リーデの傷の具合も良好そうだった。

だが、その朝食のテーブルでも、結局、咲也は落ちつくことができなかった。

大皿にみずみずしい野菜が盛られている。レタスに似た緑の葉と、イタリア産のよりも細長いトマト。クレープみたいに薄いパン。昨夜と同じソーセージを、それぞれ好きに取って、薄いパンに巻いて食べるスタイルだ。とっても美味しい。

そして、昨夜の煮込みを薄めた感じのスープ。パンの薄い塩味もちょうど良くて、スープもコクが残っていて、リーデは本当に料理上手なんだなと感心する。だが、やはりカトラリーや食器が気になって仕方ないのだ。

そして、ジャンの爪は明らかに黒い。ジャンよりはこぎれいに感じるルハドも指先が汚れている。その指で、脂ぎったフォークを大皿の野菜に突っ込む。しかも、突っ込む前に（いや、大皿のものを取る前に）必ずフォークを舐めるのだ。そして、直接口の中に食べ物を入れる。

リーデも舐めている……昨夜もそうだっただろうか。あの時は脂ぎったカトラリーまで、そこまで気が回らなかったが、ティーダは……？　ティーダはどうしていただろう？

二人が加わり、人数が増えると新たなことが気になってしまう。

「ああっ、ちょっと待ってください！」

思わず声に出してしまった。

「なんだよ」

ジャンとルハドは咲也をじろりと睨み、ティーダは訝しげな視線を向けてきた。リーデは驚いた顔をし、ミミたんもパンをもぐもぐしていた口を止めた。

「あっ、あの、舐めたフォークで食べ物を取るのは……」

「じゃあ、どうやって食べ物を取れと？」

ルハドに言われ、咲也は「すみません」とそれ以上言えなくなってしまった。場の雰囲気が一気に気まずく、いたたまれないものになる。

咲也は特に潔癖症というわけではない。だが、皆についていけなかった。唯一、ティーダは手が汚れていないし、フォークを舐めたりはしていなかった。

（この世界は手を洗う習慣がないんだな）

思いつつ、料理を取るのに躊躇してしまう。雰囲気から察するに、この世界では食べ物を取る前にフォークを舐めるのが習慣で、これが当たり前なのだろう。だが、これではいつ、感染症が起こるかわからない。実際どうなのだろうか……。

（せめて手を洗って、カトラリー類が清潔で、取り分け用のトングとかがあれば……）

と、目の前に山盛りの野菜とソーセージの皿がどんと置かれた。ティーダだ。

「たくさん食えと言っただろう」

眉根が寄せられている。

だが、叱られているのだとしても、この場の雰囲気を変えようとしてくれたことがありがたくて（拡大解釈ではあるが……）咲也は「はい」とうなずいた。

そして咲也は、ティーダが別皿に取り分けてくれた野菜とソーセージを食べながら思う。

（そうか、取り皿があればせめて……）

こうしてこの家の住人全員が揃った朝食は進んでいった。

咲也の分の椅子が足りないが、リーデと半分こして座った。リーデはとても華奢なので窮屈なことはなく、それどころかほっこりして、咲也は『この場で口を出すべきではなかった』と反省した。一日の始まり、リーデが準備してくれた朝食の場なのだ。空気を読むべきだった……。

朝食が済むと、ジャンは共用の水で手をすすぐこともせず、「身体を動かしてくる」と言って外に出て行った。ティーダとルハドは何か話し合っており、咲也はリーデの片づけを手伝った。

「ねえサキ、さっき何を言おうとしてたの？」

食器を洗いながらリーデが訊ねてきた。昨夜と同じように、洗うといっても溜めた水ですすぐだけなのだが。

リーデの問いに嫌味はなく、本当に、なんだったのかわからないという感じだ。

咲也は小さく「ごめんね」と謝った。リーデは賄《まかな》いや家事をする役割だ。ちょっと話しておいてもいいかな……皿に残った油を擦りながら、咲也は控えめに答えた。

「僕が前にいた世界では、食べ物を取る前にフォークを舐めるっていう習慣がなかったから、ちょっと（いやかなり）驚いたんだ」

それが衛生的でないということは言わなかった。彼らの慣習にケチをつけるのは失礼だ。タイミングや「こうした方がいいよ」という言い方をもっと考えた方がいい。あくまでも僕の意見として。

「だって、みんなで同じお皿から取る時は、フォークを舐めてきれいにしなくちゃいけないでしょ？」

そっちか！　そっちの発想だったのか！

時代や国が違えば、当然、習慣や価値観は違う。この世界にも、大皿から食べ物を取る時のマナーがあったのだ。だが、それは……。

「じゃあ、サキのいた世界では、どうやって大皿の料理を食べてたの？」

「食べ物を取り分けるための道具があったんだ。トングとか……」

「トング？」

「うん、そういう道具で料理を取り分けてたんだ。僕が住んでた国では『取り箸《ばし》』っていうのを使ったりもしてたよ」

日本にもみんなで鍋をつついたり、大皿料理を囲む習慣はある。トングや取り箸を使ったり、使わなかったりは各家庭にもよるだろうが、料理を取る前に箸を舐めることはないだろう。それは、悪いマナーだと言われているし。

「へえ、そうなんだ！　それならフォークを舐めなくていいね」

とても素直な感想だ。さすが食に携わる者。興味を覚え、トングや箸についても聞いてくる。具体的に説明していたら、ティーダが小さな黒板みたいなものと、チョークみたいなものを持ってきた。

ルハドは外に行ったのか、ティーダひとりだった。

「絵に描いてみろ。俺も興味がある」

僕たちの話、聞いていたのか……咲也は内心ドキドキしながら、タオルハンカチで手を拭いた。白衣のポケットに入っていたのを発見したのだ。

「それはなに？」

「あっ、これはハンカチって言って、こうして濡れた手や汗を拭くものなんだ」

「わざわざ別のもので拭くの？」

リーデは大きな目をさらに見開く。なんで？　と不思議そうだった。

「その方が手もきれいになるし、服も汚れないからな」

答えたのはティーダだった。今度は咲也が驚く。

「えっ？」

「なんだ」

「こういうの……知ってるんですか？」

「昔のことだ」

あっさりと言われてそれ以上訊ねられる雰囲気ではなく、咲也は黒板にトングの絵を描き始めた。

「先んとこで挟んで摑むのかー。肉を焼く時とかにも使えそう」

リーデが絵を見て言う。そうなんだよ、と話していたら、ジャンがルハドに支えられながら、大きな呻き声を発して帰ってきた。

「痛え、痛えよ！」

「でっかい図体して騒ぐな」

ルハドが顔をしかめる。細身の身体であの巨体を支えるのは確かに大変だろう。

「痛えもんは痛えんだよ！」

「ああ、またやったのか」

ティーダもジャンに手を貸し、ルハドと二人でジャンを椅子に座らせる。

「どうされたんですか？　あっ！」

ジャンの左肩は下がり、肩峰《けんぽう》という肩甲骨の外側が出っ張った状態だ。ジャンは肩を脱《だっ》臼《きゅう》していたのだった。

「なんだよ子ヤギちゃんかよ。いつもみたいに石を持ち上げようとして……そしたら外れちまったんだ。いてて……」

ついさっきなら、すぐに元に戻せるだろう。咲也はジャンの腕を持ち上げ、左手首と脇の下を支えた。ずっしりと、重い腕だ。

「一瞬だけ、痛みますよ」

咲也はジャンの左腕を引っ張った。手応えがあり、かくんと左肩が元に戻る。

「治った！」

鬼のような形相で施術の痛みに耐えていたジャンは、それまでの痛がりようが嘘のように立ち上がり、左腕をぐるんぐるんと回してみせた。

「ああっ、そんな急に動かしたらダメです！　組織が損傷している恐れがあるから、しっかり固定しないと！」

レントゲンがあれば一目瞭然なのだが……。一方、ジャンは上機嫌で腕を振り回しながら、咲也の頭をがしがしと掻いた。咲也の言うことなど聞いちゃいない。

「すげえな、おまえ。いったいなんの術を使ったんだ？」

喜んでもらえたのは嬉しい。だが、術って……。咲也は脱力してしまいそうだった。

2

ジャンの脱臼騒ぎが落ちついたあと、咲也はティーダに連れられて、この世界の衣服を買いに出かけた。ミミたんも一緒だ。

脱臼が治って上機嫌のジャンは、咲也の椅子を作ってやると請け負ってくれた。

おそらく脱臼癖がついているのだろうと思い、普段はどうしているのかと聞いたら、村に骨接《っ》ぎをやっている人がいて、その人に世話になるのだという。咲也がやったよりもずっと時間がかかる上に、とても痛いらしい。

「子ヤギちゃんのは痛いのも一瞬だったからな！　ありがてえ」

医者として認めてくれたわけではないが、喜んでもらえたのだから良かった。いずれにしても、患者さん？　の笑顔を見ると力が湧く。

「帰ったらおまえの椅子ができているだろう」

「嬉しいです！」

ティーダに笑顔で答え、トイの村の中心地に向かって、二人と一匹で歩いて行く。その道すがら、咲也はティーダとミミたんにこの世界のことを話してもらった。

この世界レザントスは、それぞれが自治権を持つ、多くの国で成り立っている。平和を保っている地域もあれば、小競り合いを繰り返している地域もあるが、ここトイの村がある『ハイランド』は、世界の中心である万年木を保護し、古くから中立を宣言しているのだという。

「トイの村は万年木にも近いからね、お参りする人もたくさん来て、栄えているんだよ」

ミミたんが言うには、トイの中心地はとても賑やかで、商店や料理屋、宿屋、酒を出す店などがたくさんあるらしい。繁華街といったところか。

「お酒を出す店にはね、きれいな女の人や男の人がいて、気に入ったら二階にしけ込むんだよ」

「あっ、そ、そうなんだ」

「ジャンとルハドは昨日、そこへ行ってたんだと思うよ！」

ミミたんが嬉々として説明してくれる。それはいわゆる、娼館《しょうかん》、昔の日本では遊郭《ゆうかく》ということだろうか。どこの世界にも、どの時代にもあるんだな……。

咲也はこういう話題は苦手だ。落ちついて聞くことができない。恥ずかしいというのか、そわそわするというのか……いい年して奥手すぎるからなのだけど。

「ティーダはあんまり行かないの？」

「耳年増《みみどしま》なクピットだな。『しけ込む』なんて言葉、どこで覚えた？」

「ぼくたちは物知りだからね！　で、ティーダは行かないの？」

ミミたんは咲也の肩から、ティーダの肩にぴょんと飛び移り、さらに追及した。ティーダは「やれやれ」と言わんばかりに、少々大げさにため息をつく。

「行かない。俺は惚《ほ》れた者としかそういうことはしたくない。行きたいヤツを否定はしないが」

ティーダの答えを聞き、再び咲也の肩に飛び乗ったミミたんは、耳元で「よかったね」と囁いた。

「えっ？　何が？」

「えへへ」

ミミたんは意味ありげに笑う。

「おまえたち、早く来い」

その時、ティーダが振り向いたので、話はそこで終わってしまった。振り向いた時にふわっと揺れた金髪がすごくきれいで、一瞬、咲也は目を瞠った。ミミたんはそんな咲也を見て、さらにニコニコと笑う。

「そーゆーとこ！　今にわかるよ。ぼくのカンはそこらの占い師より当たるんだから！」

「？？？」

ミミたんの言うことがさっぱりわからない。

咲也はティーダに連れられて、店舗らしき建物に入った。やはり漆喰の壁だが、緑色の屋根や腰板があしらわれていて目を引く。入り口の上には、洋服の絵が描かれた看板が掲げられていた。

中には、子ども用から大人用まで色とりどりの衣服が積まれた棚がずらりと並び、奥の方には生地がロールで立てかけられている。革のベストや上着を着せたマネキンのようなものもあった。

咲也はストライプのシャツにグレーのスラックスのままだったが、黒い目も相まって、やはり珍しいのか、他の客たちからの視線を感じて落ち着かなかった。こうして町に出ると、改めて自分が異邦人であることをひしひしと感じる。

ティーダは命令するように言った。

「ここから好きなものを上下で二～三着選べ」

「何を選べばいいのかわからないです」

雰囲気的にゲームやアニメのキャラクターを想像してみるが、あまりよく知らない。

そこへひとりの女性が現れた。派手な化粧を施したグラマラスな彼女は、親しげにティーダにしなだれかかる。

「あらあティーダ、久しぶりじゃない。全然顔を見せてくれないんだから。相変わらず魔獣退治ばっかりしてるの？　あなたに似合いそうな新しい革のベストが入ってるのよ」

「俺は着るものは足りている。そうだ、アニータ、彼に合うものをいくつか見繕ってくれないか？　今日はこいつの服を買いにきたんだ」

甘えるようなアニータにティーダはあっさりと答え、近くの椅子にどさりと座り込んで長い脚を組んだ。なんでもない動作や姿勢でも格好よく、やはり目を引く。

アニータは咲也をじろりと見た。その表情の変化たるや……。

だが、ティーダに頼まれたから仕方ないと思っているのだろう。彼女は「こっち来て」と、少々怖い顔で咲也を呼ぶ。あまりにもわかりやすくて、咲也は「僕でどうもすみません」という気分だった。

「あんた誰？　ティーダの何？　黒い目してるから異世界人なの？　なんでそんな服を着てるの。顔の上に乗っけてるの何？」

数字らしきものが記された長いひもで手早く咲也の胸回りや腕の長さを測りながら、アニータは次々と質問を浴びせかけてくる。だが、どれからどう答えればいいのかわからない。

「男でも女でも、ティーダが自分以外の服を買いにくるなんて初めてよ」

「はあ……」

「そいつは俺たちの同居人だ。チキューとかいう異世界から来たために見慣れない服を着ている。それでこの世界の服が必要なんだ。顔の上に乗ってるのは『メガネ』というらしい。わかったか」

いつの間にかティーダがそこにいた。実に事務的な説明だったが、アニータは十分だったようで、ぱあっと笑顔になった。

「わかったわ。あたしに任せて！」

急に機嫌が良くなったアニータは、ささっと咲也の服をコーディネートしてくれた。革のベストやチュニックみたいな丈長のシャツ、細身のボトムが数着ずつ。彼女の接客はいかがなものかと思うが、選んでくれた服たちはどれも着心地が良さそうで、咲也のサイズにぴったりだった。

（さっき、もしかしたら助けてくれた？）

勘定をするティーダを見ながら、ふとそんなことを思う。そうなら嬉しいが……。

その後、アニータは店の外まで見送ってくれて、咲也にまで「また来てね！」とずっと手を振っていた。

次に立ち寄った靴屋でも同じような感じだった。

女性はティーダに愛想を振りまき、今度は男の店員までも、ティーダに話しかけられると顔を赤らめていた。通りを歩いていても、若い娘にピンクのハートが飛んでるみたいな視線を送られ、男たちからはその完璧な体躯に、羨望《せんぼう》のまなざしを浴びせられる。娘たちと同じように頬を染める者もいた。

ティーダが刀剣を扱う店に入っている間、咲也は広場に面したベンチに座り、ふうっと息をついた。

「すごいな、ティーダってモテるんだね」

なんとはなしに、咲也はミミたんに感じたことを話していた。

「あの顔にあの体型、それになんてったってゴールドランクの冒険者だからね。何度も強い魔獣を倒してるし、英雄なんだよ」

ミミたんはちっちゃい前足で腕組みをして（この世界のうさぎ、いやクピットは腕組みができるらしい）耳をぱたぱたさせながら、うんうんとうなずいている。

「ゴールドランクって、そんなにすごいの？」

「そりゃすごいよー。次は最高位のプラチナランクだよ。そうしたら世界任務だって任せられるんだ」

冒険者のランクはこの世界で採掘される鉱石で表しており、青銅、銀、金、プラチナの順でランキングされるということは、ミミたんから聞いていた。では、世界任務とは？

「冒険者はギルドで仕事を受け負って報酬を稼ぐのが普通なんだけど、強い冒険者は個人はもちろん、国単位で専属になれるんだよ。仕事を一から請け負わなくていいってわけ」

「それは、その冒険者がよほど力を認められてないとできないことだね」

「その通り！　で、世界任務というのはね、言葉通りに、このレザントス中で困っている案件を任せられるってことだよ。国じゃなくて世界なんだ。ね、これでティーダがどれだけ強いかわかったでしょ？　あ、ジャンとルハドはシルバーランクだよ。ティーダはなんでもできるけど、特に剣がすごいし、ジャンは怪力、ルハドは弓の名手なんだ」

冒険者の仕組みというのはなんとなくわかってきた。あと、ゲームはしないけれど聞いたことはある。

「ギルドって？」

「職業別に、仕事を斡旋《あっせん》してもらったり、依頼を受けるところだよ。冒険者は冒険者ギルドっていうのがあって、ティーダは今、なんとかいう国の専属だけど、前はギルドに登録してたんだ」

なるほど、中世の同業者組合と同じなんだな。王侯貴族に認められて、独占営業権を行《こう》使《し》したっていう……。咲也は言うまでもなく理系だが、高校の世界史で学んだことをふと思い出した。それがこうして異世界で役に立つことを当時の自分に教えてやりたい。いや、ちょっと待って。ということは……。

「もしかしたら、医者ギルドというのもあるの？」

「医者のギルドはないよ」

「どうして？」

「うーん、薬師のギルドがあるからじゃない？　医者ってそもそも薬師が兼ねてるし、呪《じゅ》術師《じゅつし》が名乗ったりもしてるし」

「そっか……」

咲也はちょっとがっかりしてしまった。この世界の医療はやはり民間療法が主で、医学というものが確立していないんだな……医者のギルドがあれば、いろいろ話が聞けると思ったのだが。

「サキは立派なお医者さまだから、これからすごく忙しくなるかも」

「いや、僕にはまだ無理だよ」

「どーして？」

一歩引いた咲也の答えに、ミミたんは不思議そうだ。

「だって、僕が前にいた世界とこの世界の医療は全然違うんだ。だから、一から勉強し直さないといけない。ほら、ミミたんが採ってきた血を止める葉。ああいうのをね、もっとたくさん」

「葉っぱのことならクピットに任せてよ！」

「うん、お願いするね」

野生動物ならば、薬草などの効能はよく知っているだろうと予想できた。それはありがたいけれど、でも……。

（一から学んでいていいのか？　そんな悠長なことしてたら、あっという間に年を取って

しまう）

生まれ変わったことで、寿命は延びたらしい。

確かにここへ来てからまだ二日といっても、毎日手放せなかった薬をまったく飲んでいないのに、体調は良い。それどころか、激変した環境の変化によくついて行っていると思う。

だが、たった二日でもよくわかった。この世界で人々は魔獣の驚異に命を晒《さら》されて生きている。そんな世界でのんびり学んでいては、命を救い、医療をまっとうするという使命が果たせない。

ずーんと地面にのめり込んでしまいそうだった。買ってもらった服の包みをぎゅっと抱きしめる。

ティーダはこの世界で僕が最初に出会った人だ。僕を助けてくれた人。居場所を与えてくれて、服を買ってくれた人……。

出会って間もないけれど、咲也にとって、それだけでティーダは特別な存在だった。

特別で、大切な――。彼の役に立って、医者として恩返しをしたいと思う。

親以外に服を買ってもらうなんて初めてだった。すごく嬉しい。だが、与えてもらうだけではだめだ。

病気のこともあり、以前はあまり人と深いかかわりをもたなかった。いや、もたないようにしていた。そのつながりを置いて行くのが辛かったから。

だから、ひとりの人物に固執《こしつ》したことはない。人間関係のスキルも低いと思う。

でも今はどうだ？　僕は精いっぱい、ここで生きていこうとしている。人とかかわり、積極的に。それはきっと、何も持たないままにここへ来たからだ。一生懸命にならなければやっていけないからだ。

（医療も同じだ。とにかく、できることからやっていこう）

ティーダが店から出てきた。咲也は衣服の包みをしっかりと持って立ち上がり、彼に駆け寄る。

「ティーダ、ありがとうございます」

「何がだ」

「服と靴を買っていただいて」

「必要な物なのだから礼はいらん。今にその分もしっかり働いてもらう。まっとうな医者として」

いつも通り尊大なティーダの言葉だが、じっと見つめられ胸が高鳴った。これは必要とされている喜びだ。咲也は「はい！」とうなずいたのだった。

「薬師ギルドへの登録はしないだと？」

翌朝、これから医者も兼ねている薬師たちのギルドへ行くと言ったティーダは、咲也を見て目を眇《すが》めた。

「なぜだ？　昨日は、これからしっかり働くと言っていたではないか」

「だからこそ……です」

咲也はティーダを見上げ、眇められた青い目に訴えた。

「僕は薬師ではありませんし、この世界の医療――医術は、僕が前の世界でやってきたことと違うんです。前の世界で使っていた道具や薬もありません。でも、医術の基本や理念は同じだと思います。だから、まずはその方法を学びたいと思います」

「抽象的すぎるな」

ティーダは腕組みをしてどさりと椅子にかけた。じっくり話を聞こうという感じだ。咲也もまた、テーブルを挟んで自分の椅子に座った。

言った通りに、ジャンが作ってくれたのだ。なんの術だとか言われたが、ジャンの気持ちが入った、大切な咲也の居場所だ。座ると力が湧いてくる。

「つまり、こういうことなのです。この前、リーデが指を切った時、血止めの葉を使いました。でも、あの時より、もっと大きくて深い傷で出血が酷かったらどうやって治療……手当てしますか？」

「血止めの葉をたくさん使う」

ティーダの答えは簡潔だった。咲也は、テーブルに前のめりになる。

「あの葉には、すぐれた抗菌作用……効能があると思います。でも、より深くて大きな傷に葉を貼るだけでは、いずれ出血が止まらなくて死に至る可能性が高いのです」

「確かに、血が止まらなくて命を落とす者は多いな。剣の傷でも、弓矢でも」

「牙や鋭い爪を持った魔獣だっているでしょう？　傷が塞がらなければ、土の中にいる悪い菌がそこに入って、状態はより悪くなります」

「菌というのは？」

「人の身体に入り込んで栄養を取り込み、身体の中で悪さをするモノのことです。いい菌もいますけど……。たとえば傷が治らずに高い熱が出ることはありませんか？」

咲也が破傷風《はしようふう》を想定して訊ねると、ティーダは神妙な顔をした。

「……あるな」

「それを感染《かんせん》といいます。感染は戦いだけじゃなくて、普通の生活の中でも起きます」

咲也は、中世のペスト大流行の話をした。あれは、ネズミが運んだ菌であったことを。

細菌だけではない、ウイルスも存在しているだろう。風邪《かぜ》が命取りになってしまうのだ。

「そんなもの、防ぎようがないじゃないか」

「防げます。少なくとも、感染の危険を回避することはできます。そうすれば、怪我でも病気でも、助かる人が増えます」

咲也は言いきった。一方、二人の白熱した議論を、部屋の隅っこで、リーデとミミたんが聞いていた。

「サキの言ってる言葉、すっごく難しいね。情報屋のぼくでも初めて聞くことばっかりだよ」

ミミたんが耳を振り振り言うと、リーデもうなずいた。

「その話についていくティーダもすごいよね。他の人じゃ無理だよ」

「さすがだね」

「……ミミたん、ティーダのこと知ってるの？」

リーデの目がさらに大きくなる。

「知ってるよ。ぼくはとある大きな国に飼われた情報屋クピットだから」

「ほんとだよ、だからティーダのことは前から知ってるんだ。でも、その国がすっごく嫌になって飛び出したんだ」

「ほえー……」

ミミたんの身の上話に、リーデが驚きの声を漏らす。その間もずっと、咲也とティーダの議論は続いていた。

「感染の回避とやらで何ができるのか、おまえが言うことは夢物語に思える。確かに、大怪我や病気で命を落とす者は多いが、それはその者の持つ天命だ。あとは祈るかまじないに頼るしかできない」

昔ならばとっくに命を落としていたであろう咲也が、長らえることができたのは医療のおかげなのだ。気持ちが熱くなる。涙が込み上げてきそうだった。

「人が働きかけることによって、救える命はあるんです！」

自分の息づかいが聞こえそうなほどの沈黙が訪れた、ティーダは黙ったまま、咲也はその沈黙をひしひしと身体で受け止めていた。

「たとえば？」

ややあって、ティーダは重々しい口調で訊ねた

「……話が逸れましたが、先ほど話していた大きくて深い傷。僕がいた世界では、その傷を縫って、適切な薬を使うことで血を止めることができました」

「縫うだと？　人の身体をか？」

ティーダは驚きを隠さない。予想の範疇《はんちゅう》を超えた内容だったのだろう。咲也もまた重々しく「はい」と答えた。

「手術といって、もっと大がかりな手当てもあります。もちろん、その手当てを受ける人には痛みが伴います。でも、薬を使ってその痛みを感じさせずに傷口を縫ったり、身体の中から悪いモノを取り出したりできるんです」

「で、どうするんだ。元の世界に戻って、その薬や道具を運んで来るとでもいうのか？」

ティーダの口調は皮肉めいていた。咲也の言うことが途方もなさ過ぎるのだろう。だが咲也は怯まなかった。

「僕は一度死んで生き返らせてもらったのだから、前の世界に戻ることはできません。そして、あなたが言う通り、薬も道具もここにはありません。だから、もっと調べたいんです。血止めの葉のような薬草が、他にもあるはずです。この世界で僕ができることを学ばないといけないんです。ジャンの肩を治したように、すぐにできることはどんどんやっていきます。魔獣との戦いにも同行します。でも、今はこの世界で無責任に医者として名乗ることはできません。だって――」

一気に言い切った咲也は息をついた。

「人の命がかかっているんです」

「……わかった」

しばらく黙ったのちに、ティーダは言った。ほんの五秒くらいだったと思うが、咲也にはその間がとても長く感じられ、心からほっとした。ティーダが話を聞いてくれて、わかってくれたことが嬉しくて、目を輝かせる。

「ありがとうございます！　一日も早く、この世界で立派な医者になれるようにがんばります！」

ティーダは、読めない表情で咲也を見た。何か、珍しいものを見るような顔だ。

「あの、何か？」

「いや、そんなに嬉しいのかと思っただけだ」

ん？　と咲也は首を傾げる。すると、ティーダは突然、咲也の眼鏡を取り上げた。

「ち、ちょっと何するんですか？　それがないと、僕は周りのものがよく見えないんです」

「見えない？」

眼鏡について、言ってなかったっけ？　咲也は焦る。よく見えないのはやはり不安だ。

咲也はティーダのぼやけた輪郭《りんかく》に向かって答えた。

「眼鏡は視力の弱い人が、もっとよく見えるように矯正《きょうせい》するものです」

「視力？」

あまり専門用語は使わないように気をつけているが、視力という言葉もこの世界にはないらしい。

「目が見える力のことです。僕はそれがないと本当に目の前もぼやけてしまうんです。早く返し……」

返してください、と言いかけた時、ティーダはぐっと顔を近づけてきた。まるでキスができそうなくらいの至近距離だ。咲也の鼓動は、突然速く刻み出す。

（なんでこんなにドキドキと……）

「これくらいなら見えるのか？」

「み、見えます。見えますから顔を離して……！」

鼻と鼻がちょこんと触れた。速かった咲也の鼓動は、一気に跳ね上がる。

こういうことを無意識にやらかすイケメンは罪だと思う。同性愛嗜好《しこう》のない咲也でさえときめかせてしまうのだから。

彫刻のように美しい顔が迫り、唇が開く。咲也は無意識に顎を引いた。このままではキスになってしまう。

「さっきの嬉しそうな顔をもっとよく見たかっただけだ。その眼鏡が邪魔だった」

「え……」

「だが、今は嬉しそうな顔をしていない」

「だってそんな……」

「笑え」

ティーダは短く言い切った。

「さっきみたいに笑え。笑わないとこれは返さない」

そんな、笑えなんて言われても……。

だが、僕の嬉しそうな顔を見たいと彼は言った。そのことにときめいている自分がいる。きっと、慣れない距離感のせいだ。他者とのこんな近距離は初めてなんだ。どうすればいいか――。

「で、では、何か僕を喜ばせるようなことを言ってください」

テンパってしまって、この無茶ぶりはどうだ。俺様ティーダがそんなことを言ってくれるわけ……。

だが、ティーダは語り始めた。唇と唇が触れそうな距離で。

「おまえがジンラゴラに襲われているのを見つけた時、なんか知らんが可愛いのがやられているなと思った」

「かっ、かわいい？」

「そうだ。この眼鏡とやらを取った顔も見てみたかった……これでどうだ。嬉しいか？」

こ、この人たらし……っ。

無意識に言っているのだろうか。わかって言っているのなら、口説き文句だし！

心の中でじたばたしながら、だが、顔は自然にほころんでいってしまう。飾らないストレートな物言いに照れてしまうのだ。

「あっ、あの、嬉しいです。そんなふうに言っていただけて」

二十六歳、もうすぐアラサーだというのに、男に可愛いと言われて喜んでいる。こんなふうに言われることに慣れていないから、本当にじたばたするしかできない。僕はもっと冷静なたちだったはずなのに。

（こういうシチュエーションに免疫《めんえき》がなかっただけか……）

鼻の上に眼鏡が乗せられる。ティーダは柔らかく笑っていた。

「眼鏡とやらを取った顔も可愛かったぞ」

ああもう！

フレームの位置を直し、咲也は真っ赤になってしまったのだった。


自分ができることから。

まずはこの世界の民間療法の本か、薬草の本を読みたい。ミミたんに訊ると貸本屋があるという。さっそく貸本屋に出向き、薬草の本を借りることができた。本を借りるシステムは図書館と同じだ。カウンター？　にいる人が希望の本を書庫から探してくれるのだ。

そして咲也が挑《いど》んだのは、生活から衛生観念を高めていこうということだった。冒険者である三人にとっても、衛生状態を改善すれば、免疫も上がって、より身体が丈夫になり、体力が増すと思う。

最初に声をかけたのはリーデだった。リーデは食物を扱っているからだ。

「火を通すことによって、肉や魚の中にいる、悪いことをするヤツをやっつけられるんだ。だから、この前みたいな煮込み料理や燻製《くんせい》したソーセージ、焼き肉とかはとてもいいと思う。魚は寄生虫……人のお腹の中で動き回ると、すごくお腹が痛くなるヤツがいるから、魚もよく火を通してね」

「その、身体の中で悪いことをするヤツって、ばい菌のこと？」

リーデは素直に話を聞いてくれ、わからないことは訊ねてくる。

『リーデの作る食事が、ティーダたちの身体を強くしたり、健康を守るんだよ』

そのひとことが心に響いたらしい。責任感の強い子だな、と咲也は頼もしく思った。

「そうそう。ばい菌のこと。身体の中にも土の中にも水の中にも、空気の中にもいるんだ」

ものすごくざっくりした説明だが、ばい菌の観念は共有できたようだ。

「空気の中にもいるの？　お腹を壊したり、熱が出るのもそのばい菌のせい？　ジャンはしょっちゅうお腹壊すんだよ。大食いだから」

「さっき、熟《じゅく》してないカロン食べてたよ。あれは熟してからでないと食べちゃいけないんだ。クピットの常識だよ。もうすぐきっとお腹壊すよ」

カロンとはみかんに似た果実だが、青いものは食べてはいけないというのは動物たちの常識らしい。何らかの毒性が、熟すことによって破壊されるのだろう。

ミミたんはうさぎだけあって（クピットでなく、もう、うさぎでいいやと咲也は思っている）草類に詳しそうだし、果実や木の実、キノコなどのことは、貸本屋で借りた本にいろいろ書いてあった。薬学書というよりは、いわゆる『家庭の医学』に近い感じだったが、そのひとつひとつを丁寧に確かめて調べるつもりだ。

ジャンには生活習慣上の問題もあるだろう。だがジャンのことは今は横に置いておき、咲也はリーデにうなずいた。

「だからリーデが料理をする時に、まずはそのばい菌をやっつけるんだ」

「わかった！　肉や魚はよく火を通すよ。他にはある？」

「生で食べる野菜もよく洗ってね。手を洗う時もだけど、本当は水を変えた方が……」

咲也はその先を言うのをためらった。

水は共同の井戸や川から汲《く》んでくる。料理や手洗いでその都度水を変えるには、より大量の水が必要だ。水汲みはリーデの仕事だ。冒険者たちは依頼で家を空けることが多い。リーデの負担が増えてしまう。

「僕も水汲みに行くよ。みんなが家にいる時は手伝ってもらえるようにティーダにも頼んでみる」

「うん。僕もがんばるよ」

リーデは細い腕で力こぶを作る。筋肉なんて存在しないかのような、すんなりとした腕だ。この細腕でがんばっているのだ。

あとは――カトラリーや食器を清潔に保ちたい。料理を取る時にフォークを舐める習慣も気になるが、トングがあれば取りあえず問題は解決する。咲也は木をくり抜いたお玉を

スプーン
トング
煮沸
天日干し。

参考に、くぬぎの太い枝から、トングの形を切り出した。

「すごーい。とっても上手だね」

見ていたリーデが感心している。手先は器用な方だ。縫合《ほうごう》も得意だったから。

できあがったトングはなんとも素朴で、まるで北欧雑貨の店で売っているような味があった。

丁寧にヤスリをかけて（武器の手入れのため、こういうものはたくさんあるのだ）ささくれがないように仕上げる。ちゃんとものを挟めるように調節して……。せっせと手作りしながら、咲也はリーデと一緒に、シーツや手拭き類の煮沸《しゃふつ》消毒や日光消毒をした。包帯にするために古いシーツを切って煮沸、食器や調理器具も、一度きれいな水で洗って日光消毒することをリーデに伝えた。

（何か、石けんの代わりになるようなものはないだろうか）

ミツロウなどはありそうだから、あとは洗浄力をもつ物をプラスして……現代日本にも、植物由来の石けんやシャンプーがあったのだから、工夫しだいでできるはずだ。

家の外には、洗った衣服（今までは、時々川ですすいでいたようだ）を干すための、木と木の間に張ったロープがあったが、一気にそこはシーツやら包帯やら手拭き類が風にはためき、賑《にぎ》やかになった。陽の光が降り注ぐ中、その風景を見ながらティーダが言う。

「まったくおまえは、次から次へと様々なことを始めるな」

「皆さんの健康を守るためです。冒険者の方々は身体が資本でしょう？」

「その通りだ。いくら武器があっても、最後は体力と精神力がものを言う」

「精神力も健康な身体あってこそだと思うんです」

ティーダが同意してくれたのが嬉しくて、咲也は弾《はず》むように答える。

「そのお手伝いをするのが医者ですから……だから、いざという時に役に立たないようではだめでしょう？」

「今はそのための準備をしているということか」

「そうです！」

ますます嬉しくなって咲也はティーダに笑顔を向ける。本当に嬉しい。彼とこんな会話ができるなんて。それが、どうしてこんなに嬉しいんだろう。

「そのために必要なものがあれば、なんでも言え」

「本当ですか？」

咲也は目を輝かせる。

「おまえが元いた世界で使っていたようなものは期待できないだろうがな」

「じゃあ、すり鉢とすりこぎ、鍋とカップを数個と、木綿の布と、針と絹糸と、切れ味のもっと効果のあるものができる。煮出したり、乾燥させて粉にしたり。

まずはとにかく薬草に詳しくなることだ。薬草を精製《せいせい》して効能を凝縮すれば、今よりも
薬師にも話を聞けたし、薬草の本を読めたことは貴重な経験だった。

「傷の手当てや薬を作るのに必要なんです」

「ずいぶん所帯じみた道具ばかりだな」

いい小刀を！」

い。だが傷を縫うことができれば、一気に治療の幅は広がるのだ。
出血を止めるには、やはり、あの血止めの葉（シーダ）しかなくて、麻酔はもちろんな
そのための道具を、家にある古いもので代用しようと思っていたところだった。徹底的
に消毒して……だが、すべて新しいもので、専用で揃えることができるのだ。
「……だめですか？　多すぎますか？」
咲也は無意識に上目遣いになっていた。乞《こ》うように胸の前で両手を組み合わせ……。
「そんな顔しなくても、それくらい買ってやる！」
ティーダの口調は心なしか怒っているようだった。だが、咲也は嬉しくてティーダに飛
びついてしまった。
「ありがとうございます！」

「わかった、わかったから落ち着け！　明日買いに行くから！」

「本当ですか？」

「だから離れろ！」

咲也は「あっ」という顔をして、ぱっと両手を離す。

嬉しくて相手に飛びつくなんて、また、ずいぶん子どもっぽいことをしてしまった。自分でも信じられないが、以前の同僚や教授が見たら、すごく驚くに違いない。

「すみませんでした！　じゃあ、明日楽しみにしていますね！」

洗濯物をぱぱっと取り込み、咲也は家の中に入っていく。

「遊びに行くんじゃないんだぞ！」

あとからティーダの声が追いかけてきていた。

「……落ち着かないといけないのはティーダの方だよね」

リーデの肩に乗って二人の様子を見ていたミミたんが、こそっとリーデに耳打ちする。

「あんなに焦ったティーダ初めて見た……。どんな魔獣と戦っても、いつも冷静なのに」

リーデもとても驚いている。

「サキもすごいよね。ゴールドランクの冒険者さまに抱きつくなんて。村の女の子たちが見たら袋叩きだよ」

「ん？　ミミたん、僕がどうかした？」

そこへ足取りも軽く咲也が家の中に入ってきた。

「明日、ティーダと買い物に行くんだ。ミミたんもリーデも一緒に行く？」

「ミミたんはお邪魔でなかったら……」

「あ、僕はやめておくよ。買ってきて欲しいものがあるからあとで書いとくね」

リーデは穏やかに笑って辞退した。その理由を、咲也はあとで聞いたのだった。


「忌《い》み子？」

咲也は驚いてリーデに訊ね返した。リーデは「うん」とうなずく。

「僕たち、エルフと人の間に生まれた子どもはそう言われて、人からすごく嫌われているんだ」

「どうして……？」

「ほら、耳や顔のかたちが人とは違ってるから、魔族みたいだって。それに、人が人外のものと交わることは大昔から禁じられているんだ。その掟《おきて》を破った結果だからってわけ」

リーデは特に哀しそうでもなく悔しそうでもなかった。もう慣れてしまっているのかもしれない。いや、そう見えるだけかもしれないが――。

「僕はいつも村で苛《いじ》められていて、人間だった母さんが死んじゃってからは特にひどくて、村も追い出されたんだ。行き倒れになってた僕を助けてくれたのが、ティーダだったんだ」

以前に、ティーダがリーデを拾ってきたとジャンとルハドが話していたことがあった
――彼は淡々と語るが、咲也は辛くてたまらなかった。

現代日本でも許されない苛めはたくさんあって、知るたびにやりきれない気持ちになったけれど、いざリーデの口から聞くと何も言えない自分が歯痒くて……ただ、ティーダが助けてくれたというそのことが救いだった。

「ティーダは料理とか家のことができるなら、俺たちのところへ来いって言ってくれたんだ。僕は忌み子だよって言っても、それがどうしたって言ってた。弱いものを傷つけるやつらは反吐《へど》が出るほど嫌いなんだって」

ティーダらしい……。咲也はそう思わずにいられなかった。彼のことをよく知っているわけではないが、彼ならそう言うだろうと想像できた。

「ジャンとルハドは最初、嫌がってたけど、そのうちあんまり言わなくなったよ」

「それはきっと、リーデがいい子だってわかったからだよ。料理も美味しいし」

「えへへ、そうかな」

リーデはここで初めて笑った。そして明るくつけ加える。

「そういうことだから、これからも僕は村へは行かないけど気にしないでね。それで、これ買ってきてほしいもの。あ、字もね、ティーダが教えてくれたんだよ」

差し出された紙切れに綴られた愛嬌のある文字を見て、咲也はせつなくなった。リーデの辛い生《お》い立ちを思い、そして、ティーダの決してわかりやすいとは言えない優しさを思い――。

僕も彼に助けられた。僕にこの世界での居場所を与えてくれたのはティーダだ。

(彼を信じてついて行こう)

そして買い物は大荷物になった。すべて持とうとするティーダに、咲也は「僕も持ちます」と申し出た。

「こう見えても力はあるんですよ。大きな患者さんを動かしたりしてたんですから」

ティーダはふっと笑って、荷物の半分を差し出す。

「そうだな。女にするみたいな扱いをして悪かった」

荷物はさすがに重かったけれど、咲也はティーダの潔《いさぎよ》い詫《わ》びを好ましく思った。そして。

(なんだろう、時々スマートというか品《ひん》？　みたいなものを感じる)

見事な金髪を無造作に束《たば》ね、襟つきの白いシャツの上に、いつも革のベストを着ている。ベルトには剣や武器が提げられていて、冒険者は、みな同じような格好なのだが何かが違う……。モテて当然だ。彼は本当に格好いい。

途中、澄んだ泉の側を通りかかった。野生の動物たちも水を飲みに現れる場所だ。そこで突然ティーダは立ち止まった。

「水浴びしてくる」

「ええっ？」

「最近、身体を拭くばかりで水浴びしていない。少しの間待っていろ」

当然のようにティーダは服を脱ぎ始める。えっ、ちょっと待ってください。そんな突然？

「この泉は水もきれいで冷たい。気持ちいいんだ。日射しも強いから髪もすぐ乾く」

戦いの中で鍛えられたギリシャ彫刻のような体躯を惜しげもなく見せつけ、ティーダは泉へと入っていく。男同士だし、こうして水浴びすることは日常的なことなのかもしれない。この前、ジャンとルハドも川で水浴びしてきたと言ってたし。でも、でも。

辺りに脱ぎ捨てられた服をかき集めながら、咲也は彼が水を浴びる様子を見てしまう。

日本だって温泉やスーパー銭湯などではみんなこうして湯に入るのだ。だが、ティーダが泉に入る様は、咲也にとって刺激が強すぎた。

「サキ、どうしたの？」

草を食べていたミミたんに訊ねられ、ぎこちない笑顔を作る。

「な、なんでもないよ」

仰向《あお》けになって水に浮かんでいる彼は目を閉じ、とても気持ちよさそうだ。

（こんなにリラックスした顔もするのか……）

水面に金の髪が広がり、それはそれはきれいだった。やがて彼はざばっと水の中で立ち上がり、濡れた髪をかき上げて空を仰ぐ。逞しい上半身や腕から雫が飛び散った。

いつしか、咲也は彼から目を離せないでいた。

なんて美しいんだろう——その様は野性的でいて高貴な雰囲気をも併せ持つ、誇り高い野生の獅子が水浴びしている姿を思わせた。

均整の取れた美しい筋肉をまとう身体は、絵画に表されたギリシャの神々を思わせるが、もっと生物的な命を吹き込まれた美しさなのだ。まるで一編の詩が書けそうだ——これまで理系ひと筋、詩を書いたことはないが。

だが、咲也が詩人でいられたのはここまでだった。ティーダが泉から上がってきたのだ。彼の裸体を真正面から見てしまう。

（！）

咲也は股間が熱くなるのを感じた。淡泊ではあってても男だ。でもまさかそんな……僕はティーダに？　反応？　しているのか？

「俺の革袋の中に布が入っているから取ってくれ」

前のめりになりそうな身体におとなしくするよう言い聞かせ、その布を渡す。ティーダは身体を軽く拭い、脚の付け根の上にその布を巻きつけた。それこそ野生動物のように頭を振って水気を飛ばし、柔らかい草の上に長い脚を持て余すようにして座る。

（よかった……）

何がよかったのかは追求せず、咲也も少し離れた場所に座った。

「き、気持ちよかったですか？」

「ああ」

会話が途切れてしまう。頼りのミミたんは満腹になったらしく、へそ天で気持ちよさそうにくうくうと眠っていた。

ちらっとティーダの腕を見る。張り切った上腕二頭筋が美しい……。

さっきとは違う意味で咲也は見入ってしまう。

最近は日本でもベストボディの大会があり、美しい肉体を目にすることはある。だが、これこそ、ナチュラルに美しい筋肉のかたちだと咲也は思った。

「なんだ?」

咲也の視線を感じたのか、ティーダは怪訝そうに訊ねた。

眉間に皺を寄せた、この一見きつそうな顔も素敵だと思ってしまう。今日の僕はどうかしている。だが、咲也は自分の気持ちに抗えなかった。そして、これはさっきのような欲情ではないとはっきりわかっていた。

「腕、触ってもいいですか?」

「何を言ってる」

ティーダの眉間はより険しくなる。

「おまえは男の身体を触る趣味でもあるのか」

「美しい筋肉が好きなんです。ティーダの筋肉は僕の理想です」

「はあ?」

「お、お願いします」

「男に抱いてくれと言われたことはあるが、腕を触らせろと言われたのは初めてだ」

「それ以上のことはしませんから!」

「俺より小さい男にされてたまるか」

苦笑して言いながらも、ティーダは腕を差し出してくれた。

ありがとうございます！　答えながら、咲也はそっとティーダの腕に指を振れる。そしてうっとりとその皮膚《ひふ》を撫でた。

思った通りだ。筋肉の隆起ぐあい、張り詰めた皮膚、その下の骨格、ドクドクと脈打つ血管。すべてが融合されて奇跡のような化学反応が起きている……！

「サキ、なにしてるの？」

目を覚ましたミミたんがティーダに訊ねている。

「俺の腕を触りたいらしい」

「サキにはそういう趣味があるの？」

「さあ」

「わかった！　サキはティーダのことが好きなんじゃないの？」

ミミたんの爆弾発言に、咲也はティーダの腕に触れたまま我に返った。

「そ、そういう好きじゃないよ！　ティーダの、均整の取れた肉体が好きなんだ！」

「……」

ひとりと一匹は絶句している。なんとも言えない沈黙が流れ、だが、ティーダは眉根を寄せてはいても、怒ったような感じではなかった。

「そ、そろそろ帰りましょうか！　ティーダ、ありがとうございました！」

咲也が腕を放すと、ティーダは「おかしな奴だ」と言って衣服を身につけ始めた。乾いた金髪を革紐で無造作に縛り、咲也をじろりと見下ろす。

「おまえ、そんなことを他の男に言うんじゃないぞ。俺からの忠告だ」

「言いません！　あなたにしか……！」

ティーダは一瞬絶句してため息をつき、「行くぞ」と踵を返す。

同じくため息をついたミミたんを肩に乗せ、咲也は広い背中を追いかけて家路についたのだった。

3

「めんどくせえ！　なんでこんなもん使わなきゃいけねえんだよ！」

ある日の夕食時、ジャンは木製のトングを手にして怒鳴った。取り分けた食べ物用の皿も、食卓に新しく加わっていた。

「ですからさっきお話した通り……」

ジャンの迫力に縮こまりながらも、咲也は答えた。

舐めたフォークで食べ物を取るのは、実はそれぞれのフォークについた唾液を介して『ばい菌』を身体に取り込んでしまう恐れが高く、腹痛や風邪の原因になること――。

現代日本の医療用語は使わず、ざっくりざっくりと説明したのだが、ジャンは聞いていなかったのか、話が耳を素通りしていったのか。

「だいたいおめえはよ、医者だかなんだか言うけど、口うるせえんだよ。メシの前に手を洗えとか、外から帰ったら手を洗えとか、服で手を拭くなとか……！」

　リーデは素直にやる気をもって受け入れてくれたが、ジャンとルハドは簡単にいかなかった。ジャンはあからさまに、ルハドはジャンに比べると従ってくれる方だが、いちいちため息をつかれるのが地味に落ち込む。

　だが、ティーダは咲也の指示に従ってくれた。尊大な雰囲気ではあるが、文句を言うことはなかった。

「ああ、めんどくさい……こんなので食い物が取れるかよ」

「ルハド、上の方をぎゅっと持つとやりやすいよ。ほら！」

　こぼすルハドに、リーデはトングで実演してみせる。ルハドは負けず嫌いなたちなのか、リーデに言い返した。

「おまえに言われなくても、それくらい、やろうと思えば簡単にできる。半分エルフのくせに、人間を馬鹿にするな」

　じめっとした口調でリーデを卑下して、ルハドはトングを荒々しく握り、ソースを絡めた肉を取る。

「最後のひと言は余計だ。ルハド」

　初めてとは思えないほど、上手くトングを使いながら、ティーダはルハドに釘を刺す。

　空気はぴりっと引き締まり、ルハドはそれきり口を噤んでしまったが、なんとかトングを使っていた。

はらはらしていた咲也は、ティーダがルハドを諌めたことにほっとしていた。ティーダが言わなければ自分が言ったところだったが、空気はもっと悪くなっただろう。

一方、ジャンはいつも通り舐めたフォークで食べ物を取り、トングに見向きもしなかった。一日めから受け入れられはしないか……。もっと使いやすいように改良もしないと、これではせっかくのリーデの料理が台無しだ。そう思った時、再びティーダが口を開いた。

「ジャン、ガキみたいな真似はよせ。この前、おまえの腹痛を治してくれたのは誰だ？」

（ティーダ……）

庇《かば》ってくれた？　咲也は驚いてティーダを見た。

そう、リーデが言ったように、ジャンは脱臼と同じくらいに、しょっちゅう腹痛を訴える。清潔にしたり、熱していないものを食べたりしなければ防ぐことができそうなのだが。

咲也はミミたんに教えを乞い、クピットや他の動物たちが、胸焼けや腹痛の時にあえて食べる草の類を集めてきた。

ちょうど猫草みたいなもので、薬草といえるかどうかはわからないが、この草たちにはきっと消化酵素が多く含まれているに違いない。咲也は成分を凝縮させるために日光で乾燥させ、煎《せん》じて飲み薬を作ったのだった。

この世界にも、シーダ（血止めの葉）のように出血だけでなく、痛みや炎症を鎮《しず》める植物もあるにはあるのだが、痛みのカテゴライズが曖昧《あいまい》というか、大雑把《おおざっぱ》すぎるのだ。しかもその用法は、草をそのまま食したり、貼りつけることだったので、咲也は改善を試みたのだった。

その結果、薬はよく効いて、ジャンの腹痛は治まった。湯を入れた陶器の瓶を布でくるんで腹を温めたことも功を奏したのだろう。最初、ジャンは訝しげだったが。

『なんだよ、これ』

『温めると、腸の動きが良くなるんですよ』

『腸？』

『あ、ほらソーセージを作る時のアレです。アレが人の身体の中にもあって』

『ふーん、まあ、気持ちいいけどよ』

その時のことを思い出したのか、ティーダに言われたからか、ジャンは「へっ！」と毒づきながらも、トングでなんとか肉を挟み取った。

「ティーダはなんだかんだとサキの言うことをよく聞くじゃないか。手洗いも食事も、他の面倒なこともいろいろと」

ルハドはジャンのように感情的ではないが毒舌だ。食べながら、冷めた口調でティーダに詰め寄る。

「さすがに、俺たちとは育ちが違うってことか」

そのひと言に、ティーダはきつい目でルハドを睨みつけた。その表情には食卓を凍りつかせるような圧《あつ》があり、ルハド以外の者も口を利くことができなくなってしまった。咲也ももちろんそうだった。

(育ちが違うってどういうことだろう)

ルハドの嫌味に見せたティーダの反応が気になる。それに、元はといえばティーダが僕の提案に何も言わずに従ってくれたせいかもしれない。

咲也はいたたまれなさを感じながら、椅子の上で縮こまっていた。

リーデが用意してくれた食事の場の雰囲気が、僕のせいで悪くなってしまった。あとで謝ると、リーデは「そんなの気にしないで。あんなのはよくあることだから」と笑ってくれたけれど……。

こうして、不平不満は出るものの、トングと取り皿を使っての食事は少しずつ進めていけるようになった。結局というかやはり、ジャンもルハドも、ティーダが咲也に従っているから、嫌々ながらも応じてくれているのでは……と感じる。彼らは仲間であって、ジャンとルハドはティーダの部下ではないが、二人が彼に一目置いているのは間違いない。

そして、「その日」はそんな日常の中で突然訪れた。

「ティーダ！　ティーダ！」

朝方、皆が起き出し始めた頃、茶色い毛をしたクピットがものすごく慌ててティーダの所にやってきた。

「グラントのところのクピットじゃないか。どうした、何かあったのか」

「大変だよ！　グラントが明け方に魔獣に襲われた！　今まで見たこともない大きな奴なんだ！」

茶色いクピットはミミたんと同じように、耳で羽ばたきながら、叫ぶように訴えている。

その訴えに、ティーダだけでなくジャンとルハドも顔つきが変わり、それぞれの武器をぐっと手にした。

グラントというのは、ティーダが冒険者として専属になっている国だ。

「今のところはなんとか応戦してる！　でももう無理だ。早く来て！」

「わかった。すぐにそちらへ向かう。おまえは少し休んで行け」

「そんなこと言ってられ、ないよ……」

だが茶色いクピットは力尽きてテーブルの上でぱたんと倒れてしまった。リーデが急いで水を張った器をもってくる。

初めての緊迫した雰囲気に、咲也は右往左往した。だがそれはほんの少しの間で、ティーダの大きな声が飛んできた。

「サキ、おまえも来い！　きっと怪我人が出る！」

「はい！」

咲也は救急セットの入った革袋を担ぎ、繕っておいた白衣を羽織った。

咲也は、いつ何時でも対応できるように、自分なりに作ったり集めたものをまとめておいた。それが救急セットだ。

消毒した針とナイフ、絹糸、包帯、血止めの葉を始め、薬草を乾燥させた何種類かの粉薬、水薬。これらは、薬草書やミミたんの助言を元に、試行錯誤《しこうさくご》の末に完成させたものだ。

前世で使っていたような、医療道具と言えるようなものは何もない。だが、今はそれこそが咲也にとっての大切な医療道具だ。白衣は自分を鼓舞《こぶ》するためのもの。ついに、ティーダたちに帯同《たいどう》する時が来たのだ。

ティーダは馬に乗れない咲也を引っ掴むようにして自分の前に乗せた。そして、ジャン、ルハドと共に、土埃を舞い上げながらグラントめがけ、馬を走らせた。

ティーダが手綱を握る腕の中にいながら、咲也は不安と緊張に耐えていた。

これは、救急現場へ行くことと同じだ。同じなんだ。何度も救急対応はしてきたが、この世界では初めてだ。魔獣に人々が襲われる……自分が植物の魔獣に襲われた時を思い出す。だが、現場はもっと凄惨《せいさん》なことになっているだろうと予測できた。

「間に合えばよいが……」

ティーダも心配を漏らす。

「国を襲うような魔獣は、近辺を探索して足跡を残すのが普通だ。だから俺たちはその予《よ》兆《ちょう》に備える。だが、突然に奇襲をかけるとは……！」

咲也はぎゅっと革袋を抱きしめた。もし麻酔が必要なことになったら……。傷を縫わなければならないような出血があったら……。

麻酔については、まだ試行段階だった。

アサガオに似た花を咲かせる青蔓草……花の香を吸い込めば、酒に酔ったような気分を体感できたり、眠れない時に用いられるという。大昔には眠り薬として用いられたが、人を堕落させる魔草であると本に書いてあった。ミミたんも「魔族が好む草だから採っちゃだめ」と言っていた。だがきっと、用法や量に気をつければ、麻酔として使えるのではないか……そう考えていたところだったのだ。

「不安か」

咲也の顔色に気づいたのだろう。馬を走らせながら、ティーダが投げかけてきた。

「はい、ここでは初めての医療──手当てですから……」

「おまえにできることをやればいい」

その言葉の力強さが、咲也の心にすうっと染みこんでいく。

「はい」

彼の腕の温かさを感じながら、咲也は噛みしめるように答えた。

「うわーん、やっと追いついたよー」

その時、ぱたぱたと羽ばたく音がして、ミミたんが咲也の肩に乗った。さきほどの茶色い子も一緒で、「ふう」と息を継ぎながら、馬の首と咲也の間にちょこんと降り立つ。

「君、もう大丈夫なの？」

「はい、たくさん水をもらったから。それに、グラントの一大事に休んでなんていられないよ」

茶色のクピットは頭を振り上げた。ミミたんと同じロップイヤーだ。

「クピットってそんなに速く飛べるんだね」

「まあね、やるときはやるよ」

　ミミたんも誇らしげに言う。一方、茶色い子はティーダの顔の横あたりまで羽ばたいた。

「ティーダ、ぼくはティーダたちがもうすぐ着くって知らせてくるよ」

「ぼくも一緒に行くよ。何かあったら知らせに戻ってくる」

　ミミたんも一緒に羽ばたく。

「ああ、頼む。俺たちも急ぐから」

　ミミたんと茶色い子は飛び立ち、ティーダは馬に鞭をくれた。振動が激しくなり、咲也は思わず眼鏡を押さえる。これが落ちたりしたら大変だ。そしてティーダは馬を御しながら、咲也にクピットについて話してくれた。ちょうど訊ねたいと思っていたところだった。

「あいつらのように、喋るクピットは情報屋だ。ああして飛びながら、国と国の連絡係を務めている利口なやつらだ。大抵が国に飼われていて、クピットを斡旋《あっせん》するギルドもある。ミミたんはおそらくどこかの国を離れてきたのだろう。たまにそういうやつがいるんだ。今ではおまえにすっかり懐いているようだが……国から離れたクピットは、何かとんでもない情報を抱えていることが多い。それこそ、自分の命にかかわるような」

「それって、例えば前に飼われていた国の秘密とか？」

「そうだ。おまえの側にいるのは、自分のことを守ってくれるとおまえを見込んだからだろう」

万年木での出会いから、ミミたんがいなければここまでやってこれなかった。今度は僕がミミたんを守らなければ。咲也は新しい使命を抱く。この世界で初めて出会った僕の相棒、友だちを。

やがて、丘陵の向こうから、地鳴りのような音が聞こえてきた。人々の叫び声、血の臭い——！

「グラントだ……行くぞ！」

「おっしゃあ！」

ティーダの声に、ジャンが檄《げき》を飛ばした。

＊＊＊

魔獣に襲われた国の多くは、緊急に、地元のギルドに冒険者たちの出動を依頼する。登録されている冒険者たちは力を合わせるが、時に他を出し抜いてランクを上げようとする者もいるらしい——というのは、ミミたんやティーダが教えてくれたことだ。

ティーダはトイの冒険者ギルドではなく、これから出向くグラントと専属契約をしているから、トイの村を擁《よう》するハイランドそのものや、トイでの魔獣退治には、ほぼ関わらない。咲也がジンラゴラに襲われた時のような個人的な人助けは別だが、他の冒険者たちが、ゴールドランクは手を出すな、と言うらしいのだ。

それもすべて、我こそが手柄を立てて、より高いランクと報酬を得るため——病院でもいろいろあったけれど、人間関係っていうのはどこの世界でも難しいんだな。咲也は思う。そしてティーダは本来、争いごとを好まないのではないかと。

グラントは肥沃《ひよく》な土地と川を所有しており、農業が盛んで、裕福な国だ。だからティーダのような高いランクの冒険者も名指しで雇えるというわけらしい。一行はグラントの地に降り立った。咲也は、トイの村以外の場所に来るのは初めてだ。

「待ちかねたぞ！」

長《おさ》らしき者が駆け寄ってくる。見事な織りの衣装が、埃まみれでぼろぼろだ。

ティーダ、ジャン、ルハドはそれぞれの武器を手に、現在の状況を聞く。村を襲った魔獣は最初から家畜が目当てだったようで、何匹もの牛や羊を手に、村をうろついているらしい。もちろん人にも被害が出ていて、グラントの薬師兼医者だけでは追いつかない。

「頼む、ひとりでも多くの者を助けてくれ。それにこれ以上家畜をやられたら、うちは全滅だ！」

「任せてくれ、医者も連れてきた」

「医者とな？　おお、それはありがたい」

咲也は、そびえる山のような魔獣の後ろ姿を見た。あの大きなやつに三人で立ち向かうというのか？　背筋が凍る思いがしたが、今は医者としての仕事だ！

運ばれてくる怪我人は、ほとんどグラントの自衛団の者や冒険者たちだった。人々は地面に穴を掘った、いわばシェルターのようなところに隠れているらしい。

「いてえ、いてえよ……！」

屈強な男が苦痛を訴える。怪我人は骨折が多かった。今回現れた魔物は黒い毛に覆われ、長くて大きな手足をしているという。咲也の頭に浮かんだのは、巨大なオランウータンだが、弓も剣もはね除け、人を払いのけたり、摑んでは投げたりしているらしい。地面や建物に叩きつけられ、骨をやられたのだろう。

「まずは痛み止めを飲みましょう。少しずつ効いてきますから大丈夫ですよ。足を板で固定しますね」

それは前世で経験した救急現場と同じだった。

多くの人が苦痛に呻き、助けてくれと訴えている。咲也は優しく語りかけながら、まるで独楽《こま》のようにぐるぐる走り回りながら働いた。

痛み止めはシーダ（血止めの葉）を乾燥させたもの。手伝ってくれる人に湯を沸かしてもらい、板を拾ってきてもらい、持参した包帯で即席のギプスを施した。

肩を脱臼している者も多く、ジャンの時と同じように肩関節を嵌めていく。手伝いの者や脱臼の手当を受けた者は「こんなやり方見たことない」と驚き、拒否や不安を訴える者もいた。中にはギプスをしたまま、固定された足を引きずって戦いに戻ろうとする者もいる。

「おそらく足の骨が折れていますから動かしてはだめです。移動する時には、こういう感じの杖を使うんです」

咲也は松葉杖の絵を描いて説明する。

「こんなもんじゃ戦えないじゃないか！」

怒鳴られても泣かれても、咲也は根気よく笑顔を絶やさず、時には厳しく、治療や説明を続けた。骨がどうかした時は、冷やしてから骨接ぎの所へ行き、ギプスと同じような処置を施されるらしいが、動かしてはならないという意識は低いと思われた。

（レントゲンを撮りたい。腱《けん》が断裂していたりしたら……）

前世の医療機器が頭を掠めるが、今無い物のことを考えても仕方ない。わかっていても、もどかしい。そこへ、ミミたんがぱたぱたと羽ばたいてきた。

「サキ、大丈夫？」

「なんとか……」

「ティーダたち、がんばってるよ。魔獣の急所を探り当てて集中的にジャンの投げ石とルハドの弓で攻めてる。ティーダは剣で戦ってるよ。ヤツの手を斬りつけて、捕まってた人や家畜をたくさん助けたよ」

「無事なんだね、よかった……」

咲也はほっと胸を撫で下ろす。

「ティーダがね、サキの様子を見てこいって言ったんだ。心配してたよ！」

「えっ？」

――おまえにできることをやればいい。

ティーダの言葉が蘇る。そうだ、無い物ねだりしたって何にもならない。今ここで、僕ができることをやるんだ。咲也は力が湧いてきて、ギプスの包帯をきゅっと縛った。

「ティーダにありがとうって伝えて！　そしてみんなどうか無事でって！」

「わかった！」

ミミたんはぱたぱたと飛んでいく。気持ちを新たに次の患者へと向かう。次の患者は重症で、腰の骨を損傷しているようだった。もし脊椎《せきつい》を痛めていたら下半身不随《ふずい》になる怖れがある。ここでできるのは、あくまでも応急処置だ。

往診したい……その後の経過を確認したい。手伝いの男に頼んで、彼の名前を書き留めてもらった。

彼には切り傷もあった。出血しているが深くはなく、砂や小石を洗い流して血止めの葉、シーダで作った軟膏を擦り込み、ガーゼのように当て布をした。

「血が出てたけどその手当てもしてくれたのか？」

「はい、傷口をきれいにして血止めの葉の薬を使いました。それほど深い傷ではなかったですよ。でも、熱が出たり膿んだりしないように、念のためにこの薬を飲んでくださいね」

咲也は、炎症を鎮める効能がある薬草の水薬をカップに入れて渡した。シーダを始め、何種類かをブレンドしたものだ。

「ありがてえ……出てる血が少ないからって、あっちじゃ診てもらえなかったんだ。おまえは骨接ぎの方へ行けって」

「では、血が出ている傷の人はみな、グラントのお医者さまが診ておられるんですか？」

「血の傷はこの国の薬師、骨は冒険者が連れてきた医者って分けてたみたいだぜ」

「そうなんですね」

グラントの薬師は人々から信頼されているだろうけれど、やはりシーダを貼りつけるだけなのだろうか。傷口の洗浄は？

自分だってここでできることは限られている。せめて軽傷の人ばかりならいいのだが。

その時だった。

「冒険者が連れてきた医者はここか？」

大きな声と共に男が現れ、傍らでは女性が男の袖にすがるようにして泣き崩れている。男の腕には、ぐったりとした女の子が抱かれていた。咲也は彼らに駆け寄った。

「僕がその医者です！　早くこちらへ！」

「あちらの薬師さまには手の施しようがないと断られたのです。ああ、冒険者のお医者さま、どうかこの子を……！」

女性が泣きながら、今度は咲也の腕に縋りつく。この子の母親なのだろう。

「力を尽くします。まずは傷の具合を診せてください」

微笑みつつ、女の子を空いたベッドに寝かせる。彼女を包んでいた布も着衣も血まみれで、着衣を裂いて傷口を露出させた咲也は絶句した。腹にぱっくりと空いた傷口は深く、出血が止まらないでいる。脈も弱く、顔色も真っ青だ。このままでは失血死してしまう。

「どういう状況で傷を受けられたのでしょうか？」

訊ねると、父親は早口で答えた。

「魔獣の爪に引き裂かれたんだ！　逃げ遅れたばっかりに……！」

「だから早く逃げようって言ったのに！　シャルが死んだらあなたのせいよ！」

「なんだと？」

「二人とも落ちついてください。魔獣の爪がどんなふうに身体に入り込んだのかわかりますか？」

「ケンカ、しない、で……」

シャルと呼ばれた女の子はそう言って、意識を無くしてしまった。目を閉じ、顔色はさらに白くなる。

「ぐだぐだ言ってねえで早くなんとかしろ！　死んじまうじゃねえか！」

「怪我をした時の様子を知ることは大切なのです！」

咲也は湯冷ましで傷口を洗浄しながら言った。

「お医者さま……血止め《シーダ》の葉も使わずに何をされるのです？」

母親は引きつった表情で訊ねる。咲也は穏やかな表情で答えた。動転した両親から怪我の状況を聞けないのは仕方ないとしても、どうやら自分たちの知らないやり方を訝しく思われている——心では焦りまくっていたのだが。

「傷口にばい菌が残らないようにきれいにするのです。血止めの葉はあとで使います」

自分の手も念入りに荒い、煮沸《しゃふつ》消毒した、ピンセット代わりの小さな箸で、傷口に入り込んだ異物を取り除いていく。母親は「やめて！」と叫び、父親は「早く血止めの葉を使え！」と怒鳴っている。そんな中、咲也は小石や砂の中に、石のかけらのような尖ったものを見つけた。

「それ、ハイドラの爪のかけらだよ！」

教えてくれたのはミミたんだった。いつの間にか戻ってきていたのだ。咲也は何百人の味方を得たかのようにほっとする。その魔獣はハイドラというらしい。爪の破片が入り込むほどの状況だったのだ。

「毒性はある？」

「ハイドラは毒はもってないよ。サキ、がんばって！」

「うん！」

脈はだんだん弱くなっていく。血止め薬を擦り込んでもやはり効果はない。幸い、傷は大きな血管までは達していないようだ。それ以上のことはわからない。咲也は唇を噛みしめた。

（とにかく血を止めるんだ。縫うしかない）

咲也は心を決め、両親に向き合った。

「これからシャルちゃんの傷口を縫い合わせます。傷を塞いで血を止めるにはそれしか方法がありません。このまま血が流れ続けると――」

「傷を縫うだと！」

父親は咲也につかみかからんばかりだった。

「人を物みたいに言うな！　そんな怖ろしいこと！」

「この子に針を刺すのですか……？」

「そうです」

咲也はできるだけ落ちついて説明した。

確かにこのような手当てはこの世界では怖ろしいだけのものだろう。だが、やるしかない。自分にも正直、上手くいくか自信がない。可能性に賭けるか、このまま死を待つか、選択肢は二つしかないのだ。

「傷の痛みと縫う痛みを和らげるために薬を使います。その薬の効き目が切れる前に傷を縫い合わせて血を止めます。縫う針や糸はすべて消毒してあります」

簡潔に、かつわかりやすく。消毒という言葉から説明していった。

可愛い娘の身体を縫うなど、両親は理解できないだろう。だが、患者は子どもだ。八～九歳くらいだろう。同意を得なければ先へは進めない。

「せんせ……おねがい、はやく、なおして……」

薄く目を開けたシャルが咲也に懇願する。意識が戻っている！

咲也はうんと言いたくて、奥歯を噛みしめた。早く楽にしてあげたかった。それでも両親は決心がつかない。さっきまで怒っていた父親はおろおろし始めた。

「そいつは優秀な医者だ。信頼していい」

その時、背後から頼もしい声が聞こえ、咲也は思わず振り向いた。なんとそこにはティーダが立っていた。返り血だろうか。衣服のところどころに血がついている。

「あなたは冒険者の……！　もう戦いは終わったのですか？」

「ああ」

訊ねた父親に短く返し、ティーダは咲也に視線を移す。

「この医者は怪我や病気の手当てのために様々な努力をしている。ただ血止めの葉を貼るよりもよほど信頼できる」

（ティーダ……）

「お願いします！」

先ほどまで夫に縋りついて泣いていた母親が、覚悟を決めた目で立ち上がった。

「おまえ、そんな……！」

「冒険者さまがおっしゃるのだから、私はこのお医者さまに希望を託します！　先生、どうぞ娘を助けてください！」

「全力を尽くします！」

咲也は母親にしっかりと告げ、手伝いの男を振り向いた。

「青蔓草を採ってきてください。できるだけ花の新しいものを！」

「ひえええっ」

男は震え上がった。

「青蔓草は魔族の眠り薬じゃないか。そんな怖ろしいもの……」

「そんなものを使ってシャルに何をしようと言うんだ！」

父親はまた激怒した。

「手当てに伴う苦痛を和《やわ》らげるために使います」

やっと母親の承諾が取れたのに……咲也は歯噛みする。麻酔的なものを使わず傷口を縫えば、シャルは痛みでショック症状を起こすだろう。

「使う量には細心の注意を払います。時間がないんです！　早く……！」

「俺が行こう」

ティーダはそれだけ言って踵を返した。彼とすれ違いでこちらへやってきたジャンとルハドは、ミミたんから事情を聞き、驚いている。

咲也は髪と口を布で覆い、やがてティーダが青蔓草を携えて戻ってきた。無言で差し出すが、その目には「がんばれよ」という彼のメッセージが読み取れる。力強くうなずき、咲也は瑞々しいアサガオ状の花を摘み取った。

――自分の身体を使ってでも実験しておくべきだった。

嗅いだ感じはケシに似ていて、そうするとモルヒネ的作用が期待できる。だが、予想できるのはそこまでだった。縫合する糸は絹糸を選んだ。江戸時代の名医が手術の縫合に使用した記録が残っている。外国で長年使われてきた「カットグット」という、動物の腸から作る糸も考えたが、加工方法がわからなかった。縫合はできる……得意だった。問題は麻酔だ。

紀元前のエジプトで最初の縫合手術が行われている。麻酔だって記録がある。先人の偉業を思い、咲也は青い花を少女の鼻と口にかざした。

「シャルちゃん目を閉じて。数を数えるからね。眠くなるけど大丈夫だからそのまま眠って――」

母親は嗚咽《おえつ》しながら目を覆い、父親は唇を震わせながら立っていた。ジャンもルハドも、ミミたんも、そしてティーダも――皆が固唾《かたず》を呑んでその様子を見守っている。

十まで数え終わらないうちに、シャルは眠りについた。身体の小さな子どもだけあって、やはり効き目が早い。青蔓草の花で精神が高揚したり、眠りが深くなりすぎるのは大人で言えば花三つ以上と本に書いてあった。シャルは花ひとつだけで十分だ。だが、それは時間との闘いを意味した。

滅菌《めっきん》しておいた針と絹糸で処置を始める。十針以上は縫わねばならないだろう。ひと針、ひと針、慎重に。医療現場で使っていたものとは勝手が違う。緊張のため、汗で指が滑りそうになる。それだけでなく、顔の汗で眼鏡が滑りかけた。

(やばい)

思った時、さっと汗が拭われ、眼鏡の位置が元に戻された。

「振り向くな。集中しろ」

ティーダだ。また彼が助けてくれた。この人は僕にどれだけの勇気をくれるのか……！

シャルはまだ眠っている。ティーダはその後も汗を拭き、眼鏡に気を配ってくれた。もう終わりだ。血管を結索し、皮膚も閉じる。最後のひと針を終えて糸を切る。

「――終わりました」

母親は泣き崩れ、父親は深いため息をついた。

「なんと……怖ろしい手当てだ。娘はいつ目覚めるのだ」

「もうすぐです。目覚めて痛みを訴えられたら、痛み止めの薬を飲んでもらいます。目覚めるまでは僕が見守っていますから安心してください」

「安心だと？　これで娘に何かあったら、私はあんたを判事に訴えるからな！　聞けば、薬師のギルドに登録していないらしいじゃないか。そんな身でよくも……」

「がなるならあっちでやれよ、おっさん。うるせえんだよ。病人が寝てんだぞ」

話に割って入ってきたのはジャンだった。咲也は驚いて目を瞠る。

「こいつはなあ、俺のはらいたを何度も治してる名医なんだよ」

「ゴールドランクの冒険者が連れてきた医者を愚弄《ぐろう》するのは、彼を愚弄するのと同じこと。魔獣ハイドラを倒したのは誰なのか、しかと聞くことだな」

ルハドも彼らしく、冷静に意見する。

（二人とも……）

この二人が庇ってくれるなんて……。咲也は目の奥が熱くなった。そして、ふとティーダと視線が合う。彼もまた、いつもながら尊大に、だが穏やかな笑みを浮かべていた。

「冒険者のお医者さま、ありがとうございます。あの、側で見ていてもいいですか。この子が目覚めた時に側にいてやりたいんです」

母親の申し出に咲也は「もちろんです」とうなずく。自分が初めて手術を受けて目覚め

た時、家族を見てどれだけ安心したことか――。

まだ憤慨している父親を含め、皆はその場を立ち去った。ミミたんが甘い果実を採ってきてくれて、咲也はほっとひと息ついた。

「魔獣退治のあと片づけがあるからね、みんなまだここにいるよ」

そう聞いたら、またほっとした。自分がいかに緊張していたのかがわかる。

――ややあって、シャルが目を覚ました。意識混濁《こんだく》はないようだ。母親を見て「ママ」と呼んだ。

「おお、シャル、ママがわかるのね！」

シャルの手に取りすがる母親を「シャルちゃんを興奮させないようにしましょうね」とやんわりと制し、咲也は脈を取る。少し弱くはあるが正常だ。

「シャルちゃん、痛いところはある？　気持ち悪いとかは？」

「きもちわるくない。でも、おなかがしくしくっていたいの……」

「そうなんだね。よくがまんしているね」

触診するが腫《は》れや発熱もない。感染は防げたようだ。痛みは青蔓草の麻酔効果が切れた

ためだろう。よかった――咲也はどっと緊張が解けようとするのを押し留め、消炎作用と鎮痛作用のある水薬を飲ませた。

「せんせい、にがい」

「苦いお薬、よく飲めたね」

シャルはにっこりと笑ってくれた。こんな会話ができるほどには意識もはっきりして、気力もあるようだ。

母親は咲也の足元に跪《ひざまず》かんばかりだった。咲也は恐縮してその賛辞を受け、そして現在の状況を説明した。

今晩、熱が出なければひとまずは大丈夫でしょう、と見立てを伝え、薬の飲ませ方、使い方を説明した。

そこへ、ミミたんと茶色い子がやってくる。茶色い子は驚いて耳をぱたぱたさせた。

「すごいね！　傷を縫うっていうの上手くいったんだ！」

「サキは名医だからね」

「やめてよ、ミミたん」

そんな会話も咲也をほっこりさせる。茶色い子は、耳を振り振り言った。

「いいなあ、君には名前があって」

「サキがつけてくれたんだよ！」

どうやらクピットたちには名前がなく、単に「どこそこのクピット」と呼ばれているようだ。人のために働いているというのに……茶色い子は、咲也に向かって期待の目を輝かせている。これは期待に応えなければと咲也は考えた。

「じゃあ、チャーたんっていうのはどう？」

チャーたんというのは、日本の癒やし系キャラ大人気の『ミミたん』の友だちで、茶色いうさぎキャラだ。ぴったりだ！

「うれしい！　ありがとね、サキ、だいすき！」

「チャーたん、よかったね」

二匹は喜び合い、「クピットさんたち、かわいい」とシャルも笑顔をみせた。

「サキ、シャルちゃんのお薬足りないでしょ？　ミミたん、採りに行ってくるよ！」

「ほんと？」

「じゃー、チャーたんはサキのすごいとこをグラントのみんなに伝えにいくよ！」

「チャーたん、そんなのいいから！」

咲也は引き止めたが、チャーたんは羽ばたいて行ってしまった。

「先生は本当にお優しいのですね」

シャルの母親がしみじみと言う。

「いえ、医者として当然のことです」

「お医者さまとしてのお心はもちろん、人としてという意味ですわ。だって動物は嘘をつきませんもの」

その言葉は、咲也の心を優しくほぐした。

前世に残してきた母親を思い出す。息子が事故で死んだなんて、どれだけ哀しんでいるだろう。ここで医者として生きていることを伝えられるものならば伝えたい。素晴らしい仲間に出会えて、元気でやっていることを。

——そうしてティーダたちはトイの家に帰ったが、咲也はそのまま一週間ほどグラントに留まった。他にも経過が気になる人たちがいたし、シャルの容態を見守りたかった。それはきっと、今後の自分を助けてくれることに違いなかった。

シャルは順調に回復し、他の出血を伴う人たちにもケアができた。骨折は動かしてはいけないことを説《と》き、長は松葉杖を作ることを約束してくれた。もっとも、やれることには限界があったけれど……。

そして、そろそろトイに帰ろうかと考えていた頃、咲也は突然の目眩《めまい》に襲われ、倒れてしまった。

「ああ、気分はどうだ？」

咲也が目覚めると、ベッドの傍らにはティーダがいた。輪郭でティーダだとわかるが、起き上がって枕元に置いてあった眼鏡をかけたら、やっぱりティーダだった。だが、ここはグラントの治療テントの中だ。トイに戻ったはずのティーダがどうしてここに？

「ミミたんがおまえが倒れたと知らせてきたから、やってきたのさ」

ティーダの肩にはミミたんが乗っていた。だが、なぜか懸命に笑いを堪《こら》えているように見える。小さな前足で口元を覆って。

「わざわざすみません。目眩がしたところまでは憶えているんですが……」

「丸二日眠っていた」

「二日も？」

咲也は仰天《ぎょうてん》した。自分としてはほんの数時間のような気がしていたのに。

「突然倒れたから皆、心配したそうだが、気持ちよさそうに眠っていた」

「睡眠不足だったんですね。医者が倒れるなんて」

咲也は恥ずかしくなってしまって俯いた。

……なにやら、ティーダのまなざしと口調がいつもより優しいのだ。いつもならもっとこう……褒めてくれる時でも上から目線だったりするのに。そしてミミたんは、何か伝えたいことがあるのか、さかんに目配せをしてくる。

(どうしてティーダが優しいと照れるんだ……?)

「それだけ疲れが溜まっていたのさ。医者だって人間だろうが」

「は、はい」

「がんばったね、サキ。グラントじゃ、サキの話で持ちきりだよ」

「そ、そんな……」

「……よくやったな」

少し間を置いて、ティーダは噛みしめるように言った。同時に、大きな手のひらが髪に触れる。

「すごい寝癖だ」

「あ、その……」

髪を整えてくれているのか、撫でられているのか。

咲也の鼓動はどんどん高まり、ミミたんは、さらに意味ありげな目線を送ってくる。

さっきからミミたんはいったいなんなんだ。あとで聞かなくては。

「先生、目覚められましたか？　入ってもよろしいですか？」

シャルの母親の声がして、ティーダの手のひらがスッと引かれる。助かったというか、淋しい？　もっと触れていてほしかったというか……。

「どうぞ」

「せんせい！」

テントの入り口がまくられて、最初に姿を見せたのはシャルだった。中央アジアの民族衣装のような刺繍《ししゅう》がいっぱいの可愛い服を着て、にこにこと元気そうだ。

倒れる前、明日には起きても大丈夫と話をしていたのだ。よかった。元気そうだ。

「先生、シャルの命を救っていただいて本当にありがとうございました」

妻と共に深々と頭を下げたのは、あれほど怒り、信用してくれなかった父親だった。彼は涙さえ滲ませ、これまでの非礼を詫びる。

「先生がおられなければシャルは今、ここにこうしていませんでした。本当になんて言えばいいのか言葉が見つかりません。感謝します」

「そのお言葉だけで十分です。シャルちゃんが元気になって、ご両親が安心されたなら」

咲也こそ、それ以上言う言葉が見つからなかった。試行錯誤して、不安もありながら、こうしてひとりの女の子の命を救うことができたのだ。

「薬師ギルドには登録されておられないので、謝礼は冒険者の方にお渡ししました」

「えっ、でも僕はティーダたちの仲間ですから、この村の方から個人的にいただくわけには……」

「もらっておけ」

ティーダは咲也の肩を叩いた。

「それこそ先方のおまえへの感謝の気持ちだ」

「で、でも……」

「よかったな」

ティーダは白い歯を見せて笑った。こんな顔、初めて見た……！　咲也の心臓は再び忙しなく鳴り始める。

「せんせい、ほんとにありがとね」

そんな咲也を救ってくれたのはシャルだった。

「お薬ちゃんと飲むね」

「うん。しばらくしたら傷の様子を見にくるからね」

「せんせい、だいすき！」

シャルはベッドの端に手をついて、咲也の頬にキスをした。

微笑ましいキスだった……だが、そこで咲也の涙腺は崩壊してしまう。涙が止まるまで、ティーダは咲也の肩に手を置いてくれていた。

もっと、もっとがんばろう。ここでの医療を勉強して、腕を磨こう。

今までだって、がんばろうという気持ちはあった。だが今は、ひとつ自信を積み重ね、揺るぎない思いとして、咲也の心にしっかりと根を下ろしたのだった。

4

それから咲也は、より精力的にこの世界でできる医療の勉強を始めた。

ギルドに登録している医者や薬師などは、いまや咲也に教えを乞いたいという状況になってしまった。チャーたんがもたらした情報により、グラントだけでなく、方々に咲也の噂が広まったためだ。

――トイに住むゴールドランクの冒険者が連れている医者は、ギルドには登録していないが、すごいらしい。

だが、咲也は慢心《まんしん》することなく、特に麻酔と縫合について学ばねばと考えていた。そのためには薬草の勉強だ。

ここでは化学合成ができないのだから、植物の力を借りるしかない。あの経験は自信になったけれど、たった一度の成功で甘んじられない。もちろん、診てほしいという人があれば、咲也は喜んで診察させてもらった。そのひとつひとつが自分の力になるのだ。人々の役に立てるのだ。

一方、この世界の人々は元々健康体質のようで、治りが早い。きれいな空気の中、便利な道具や機械の代わりに自分で身体を動かし、新鮮な食べ物を素朴な味つけで摂ることの大切さを思うと、前世の現代人との違いを考えずにはいられない。

あとは衛生観念が広まれば……。

家では、ジャンとルハドが文句を言わず、トングを使うようになった。先日のシャルの治療の件で、咲也を医者として認め、見直したらしい。咲也もあの時の二人の応援が嬉しかったし、ジャンははらいたを起こすことが少なくなったと喜んでいる。

そしてリーデには、栄養について学ぶ機会を設けた。専門ではないから一般的なことしか言えないが、それを知るのと知らないのとでは、大きな違いがある。何より、リーデは勉強熱心だ。

「この、タンパク質っていうのが、丈夫な身体を作るためにすごく大切なんだ。肉や魚だけでなくて、豆にも含まれているんだよ」

「たんぱくしつは丈夫な身体を作る……と。豆ならぼくも畑で作ってるから、すぐに料理に使えるね！　肉とか魚とかは、手に入らない時もあるし」

リーデは目を輝かせる。この世界では、豆は子どものお菓子に使われるくらいで、あまり食料として用いられていないらしい。大豆、さやエンドウ、空豆など、前世と同じものがあるが、とても甘くて味が濃い。もったいないなと思っていたのだった。

「スープにするといいと思うよ。肉と一緒に煮込んでもいいし。玉ねぎと合わせても美味しいよ。スープや煮込みにすれば、手軽にたくさんの栄養を摂れるんだ」

「パンに練り込んだり、サラダに振りかけるのもいいね。あ、それから、潰して丸めてボールにしたら、肉みたいに食べ応えがあるんじゃないかな！」

料理好きなリーデは次々とメニューが思い浮かぶようで、とても楽しそうだ。

「カリカリに揚げて塩を振ったら、みんなのお酒のおつまみになる！」

「美味しそう！　みんなきっと喜ぶよ」

「ねえねえ、サキ、もっと教えて」

リーデは大きな目をきらきらさせて、メモをとる準備も万端だ。咲也は自分が知る限りのことをリーデにアドバイスした。

――赤とか緑の色の濃い野菜は、身体の調子を良くしたり、皮膚や骨を強くするんだ。これも火を通した方がカサが減ってたくさん食べられる。特に食物からできた油と相性がいいんだよ。栄養を壊さずに身体に届けてくれるんだ。ぜひ料理に取り入れてみて。(油はひまわり油のような植物性のものもあるが、バターなどの動物性の油が主に使われていた)

クルミにもいい油が含まれているんだよ。パンに混ぜたりするといいんじゃないかな。あとはヤギの乳のチーズとか、サワークリームかな（発酵食品だ）これは腸内環境っていって、お腹の中で大活躍して、身体の調子を整えてくれるんだ。できるだけ毎日摂るようにするといいよ——。

そんな具合で食卓には新しい料理が乗るようになり、皆とても喜んでいる。

特に、リーデが工夫した「豆ボールの煮込み」は好評だった。ソースはトマトを煮込んだり、ヤギの乳でサワークリームにしたり、味変もいろいろ。

クルミ入りパンや野菜のソテーも、とても美味しい。豆のフライはおつまみとして、ジャンの大絶賛を受けた。

「おまえ、料理の腕を上げたなあ。豆がこんなに美味いなんてよ」

ジャンが言えば、ルハドも野菜のソテーについて同意する。

「洗っただけの野菜は苦手だったが、これならたくさん食べられる」

みんなに褒められ、リーデは本当に嬉しそうだ。

「この頃、身体の調子がいいのはリーデの料理のおかげだな」

ティーダはリーデを労う。

「ぜーんぶ、サキに教えてもらったんだ！　怪我しても血が止まりやすくなるし、骨も筋肉も丈夫になるんだよ！　あっ、でもジャンは油使ったのは食べ過ぎたらだめだよ！」

「えー、なんでだよ。この豆のカリカリ、ずっと食べていたいぜ俺は」

食卓に笑いが起こる。笑いもまた、料理の美味しさを倍増させる。今までだってリーデの料理は美味しかったけれど、彼の中に芽生えたものが真摯に料理に反映されているのだ。

「ぼくの料理が、強い冒険者を作るんだ！」

「その通りだ」

ティーダも力強くその背中を押す。咲也の胸も熱くなった。


リーデに栄養について説明する傍ら、咲也が挑んだのは、麻酔と縫合の研究だった。

先人の偉業からヒントを得て、薬草に詳しいミミたんに協力してもらい、今日も麻酔に役立つ薬草を探しに出かけた。

シャルの件では青蔓草が上手くいったが、用法や量を間違えれば死や中毒と隣り合わせだ。そのデータを自分で作ろうと咲也は思っていた。そのためにはできるだけ多くの、麻酔の効能がある植物を集めたい。

「毒のある植物も、薬になる植物も教えてほしいんだ」

「なんで毒？」

ミミたんが不思議そうに訊ねる。咲也は説明した。

「青蔓草みたいに、使い方によって薬の効果が期待できるものもあるからね。知っておきたいんだ。できるだけたくさんの植物を」

「ねえ、サキ、じゃあ、マンドラゴラも採るつもり？」

今日はチャーたんも同行していて、おそるおそる訊ねてきた。

「あればね」

クピットたちが言うように、この世界にもマンドラゴラがあるらしい。マンドラゴラはナス科の植物で、古くから鎮痛剤や麻酔剤に用いられてきたが、一方で魔術や錬金術の原料としても書物などに登場してきた。某魔法学校を舞台にした現代の映画でも、呪いの解毒薬として登場したらしい。根には危険な神経毒が含まれるが、麻酔薬の研究のため、咲也としてはぜひ手に入れたいと思っていた。だが、マンドラゴラにまつわる恐ろしい言い伝えも前の世界と同じらしく、ミミたんはふるふると耳を震わせる。

「マンドラゴラは引き抜かれると叫び声を上げて、その声を聞いたら気が狂ったり死んじゃったりするんだよ！　ねえ、チャーたん」

「絶対にだめだからね！」

マンドラゴラの伝説はこの世界でも生きているようで、二匹のクピットは必死だ。

じゃあ、マンドラゴラは採らないことにしよう。咲也は笑って「わかったよ」とうなずく。他に何かあればいいのだが。

そしてミミたんとチャーたんは、ケシの花が群生しているところを教えてくれた。地球でモルヒネの原料になるものとは品種が違うかもしれないが……だが、ミミたんは厳かに告げた。

「この花はね、特に蕾《つぼみ》だけど、絶対に食べたらだめなんだよ」

クピットたちはずっとそう言い伝えてきたらしい。他の動物たちも本能が教えるのか、近寄らないという。

「蕾を食べて寝ちゃったらもう二度と目が覚めないんだよ。怖いよね」

チャーたんはぶるっと身体を震わせた
「蕾か……ありがとうミミたん、チャーたん」

ということは、モルヒネのように鎮静効果のあるものが、蕾に多く含まれているかもしれない。

「と、採るの？」

「少しね」

「やめようよー」

「食べ物にするんじゃないよ。痛みを感じない薬を作るのに必要かもしれないんだ」

青蔓草と同じで、毒性と背中合わせだ。だからこそ見極めが重要だ。先人は言った。

――あらゆるものは毒であり、毒無きものなど存在しない。あるものを無毒とするのは、その服用量のみによってなのだと。

ケシの他に、血止めの葉、シーダと、腹痛に効くというオオバコをたくさん集めて帰って来た。薬草類は早速、乾かして、明日は麻酔と縫合の実験をしよう。

次の日、咲也は家の裏手の草の上に古布を敷き詰め、メス替わりの小刀を手にして座っていた。傍らには縫合のための道具と、刻んだケシの蕾と酒を混ぜたカップが置いてある。

今日は局所麻酔を実際に試してみるつもりだ。

「よし」

気合いを入れ、ふくらはぎに小刀を滑らせる。すーっと血が滲み、痛みが走る。この程度なら前にもやったことがある。今日はもう少し深く、もう少し出血を……。目をぎゅっと瞑《つむ》り、小刀をぐっと握った時だった。

「何をしている！」

ティーダだった。目の前に立ち、ものすごい迫力で身体中から怒りを発散している。彼の険しい表情は何度も見たことがあるが、真に怒った表情を目の当たりにしたのは初めてだったかもしれない。

「縫合の練習と、麻酔薬の実験を……」

正直に、だが、おそるおそる答えると、ティーダは三日月を思わせる美しい眉をさらに険しくした。

「なぜ自分の身体を傷つけているのかと聞いているんだ」

「だって……他の人や動物を切るなんてできないでしょう？　だから……」

「自分の身体を使ったというのか」

怒りの表情は蔑みを含んだものに変わっていく。そちらの方が、さらに咲也の心を抉《えぐ》った。

「いいか、俺たちは皆、身体を張って生きている。他の者もそうだ。魔獣の驚異に晒されながら精いっぱいに生きているんだ」

「それは……わかっています……」

ティーダの言うことはわかる。だが、咲也は自分の気持ちを誰よりもティーダにわかってほしかった。

「だからこそ、人々の大事な身体を救うために、これはやらなければいけないことなんです！」

「自分の身体を大事に扱えないやつが、人の身体を大事にできるって言うのか？　それが医者だなんて笑い話にもならない」

嘲《あざけ》るようにティーダは言い放つ。その言葉は、咲也にとってあまりにも痛すぎた。

「……っ！」

薬剤や道具をまとめてティーダの脇をすり抜け、咲也はその場を飛び出した。いや、逃げ出したと言った方がいい。いったん、ベッドのところに戻るが、やっぱりいたたまれなくて、咲也は家を出て、どこへ行くともなく駆け出した。

哀しかった。自分は真剣に、やらねばならないと思って挑んだのに。ちゃんと話せば、ティーダならわかってくれると思ったのに。

家からすぐの村はずれの街道は、しばし森の中を通らねばならない。ふくらはぎを切った傷が痛み、走れなくなった時には、咲也は森の中に入っていた。

「いた……」

はあはあと息を継ぎながらしゃがみ込む。切ったまま放置して、しかも走ってきたのだ。出血が多くなって当然だった。

目眩が治まるのを待ち、シーダを探す。シーダは日本の藤《ふじ》の葉に似ていて、この辺りでは頻繁に見かける植物だった。数枚を傷口に貼りつけ、手でしっかりと押さえて圧迫する。木にもたれ、できるだけふくらはぎを高く上げる体勢を取る。心臓より高くなるように……基本的な止血方法だ。

ひと通り自分の処置をしているうちに、咲也の頭は冷えてきた。

（ティーダの言うことは正しい。自分の身体をこんなに痛めつけて、僕は……）

この世界に生まれ変わって、健康な身体を得た。だからこそ大切にしなければいけなかったのに。そのことを忘れてはいけなかったのに。

作った麻酔薬を試したかったのは本当だ。ではどうすればよかったのかは正直わからない。だが、ティーダの言葉が心に、頭に刺さって自己嫌悪に襲われる。

——自分の身体を大事に扱えないやつが、人の身体を大事にできるっていうのか？

それは、ティーダが冒険者として。日々命をかけているからこそ響くのだ。怒られて当然だ……。

（戻って、謝ろう）

血止めの葉と止血法のおかげで、血は止まっていた。衣服の裾を引き裂き、シーダを固定する。こうしてひとりで自分で作った傷を手当てしていると、咲也は思い出さずにいられなかった。

リーデの傷を手当てした時、グラントでシャルの傷を縫った時、節目《ふしめ》とも言えるような手当ての時にはいつもティーダがいてくれた。

そう思うと、情けなくて泣けてきそうだった。あったかい、美しい思い出を汚してしまった。そんな気がしてならなかった。

立ち上がり、足を庇いながら歩いていくが、たちまち道がわからなくなってしまった。道の端には背の高いシダが繁り、昼間だというのに道が暗い。こんな所通っただろうか。真っ直ぐ行けば森を抜けて、元の街道に戻れるはずなのだが……。転移以前に地図アプリに頼りすぎていて方向感覚は、かなり鈍《にぶ》っている。それに、これまでひとりで出歩いたことはなく、いつもミミたんやリーデ、そしてティーダが一緒だった。

(僕は、自分が思っているよりずっと、みんなに守られていたんだ)

いい年をして、そんなことに今更気づくなんて。ひとりじゃ外を出歩くこともできないのに医療の腕を磨こうなんて、本当に笑い話にもならない。

「お困りかな？」

後方から知らない声がして顔を上げると、煌《きら》びやかな身なりをした男が立っていた。

皮ではない光沢のあるマントに刺繍の縫いとり、帽子には羽もついていて、ブーツはぴかぴかに磨き込まれていた。

この世界へ来てこんな豪華な服装の者を見るのは初めてだ。シャルの両親は裕福そうだったが、それ以上だった。

「道に迷われたのか？　怪我もしておられるようだが？」

男は、少々馴れ馴れしささえ感じるほど親切に訊ねてくる。後方には立派な馬がつながれた馬車。物盗りではなさそうだが……。

（いやいやいや、困っているだろうと声をかけてくれた人をそんなふうに思うなんて！）

かなりやさぐれている自分を感じながら、咲也は丁寧に答えた。

「慣れていない道へ入り込んでしまったのです。怪我は大したことありません。ご親切にありがとうございます。街道に戻るにはどの道を進めばよいのでしょうか」

「黒い目をしておられるということは、この世界には不慣れだとお見受けする。足も辛そうなので送らせていただこう。住まいはトイの村で？」

「いいえ、道さえ教えていただければ……」

「そう言わずに。困った時はお互いさまですよ」

しつこいのか親切なのか、男は帽子の奥の灰色の目を細めながら、咲也の手首を握った。

口調の穏やかさに比べ、有無を言わせない強い力だった。

「わあ！　ギリギリ間に合った！」

その時、ミミたんが目の前で羽ばたいたかと思うと、「やば！」と言って咲也の背に隠れてしまう。何？　と思う間もなく、咲也の手首を掴んでいた手は逞しい腕に振りほどかれていた。

「ティーダじゃないか。久しぶりだな。そこのクピットも」

えっ、双方顔見知り？

男はティーダに話しかけたが、ティーダは男を無視して咲也の手を取ったまま踵を返した。ミミたんは咲也の背からティーダの胸元に隠れ、耳をぱたぱたしながら身を縮こまらせている。

「知り合いのようだったけど、いいんですか？」

手を引かれながら顔を見上げると、ティーダは前を向いたまま、吐き捨てるように答えた。

「あれは、俺が世界で最も憎んでいる男だ」

「それはどういう……」

咲也は戸惑うままに訊ねてしまった。

個人的なことに立ち入ってはいけないと思いながら、咲也はティーダの表情がいつもと違うことが気になった。いつもは尊大か、少々冷ややかな笑みか、眉間を険しくしているか、読めない表情か……もちろん、そうでない顔も見たことはあるけれど、今の彼は、咲也がまったく知らない表情をしていた。氷のように凍てついた無表情だったのだ。

「……少し、話すか」

ティーダは街道に出た所で立ち止まった。

「ミミたんにも訳がありそうだしな」

ミミたんはティーダの胸元で、小さな頭をこくんと垂れた。

「俺はもともとトイの村の者でも、ハイランドの者でもなく、そもそも冒険者でさえなかった。ジャンやルハドは流れ者の冒険者だったが、俺の国が滅んで、俺が冒険者になってから出会ってつるむようになったのさ」

「ティーダはね、シュアラっていう大きな、立派な国の長《おさ》の息子だったんだよ」

それじゃやはしょりすぎだよ、とミミたんが補足する。

「それは……国の後継者だったっていうことですか？」

ティーダはうなずき、ミミたんを見据えた。

「おまえ、やっぱり俺のことをいろいろ知ってたんだな。情報屋クピット。で、おまえはどこで飼われていたんだ？」

「……クレールが治めている国、ゼネルだよ」

ミミたんは言い出しにくそうだった。瞬時にティーダの顔色がさっと変わる。

「だから言い出せなかった。クレールがシュアラを滅ぼしたから……！　あの戦いのあと、ぼくはクレールのやり方が心底嫌になって、あそこを飛び出したんだ」

「ちょっと待って……。ティーダはシュアラっていう国の後継者で、ミミたんはシュアラを滅ぼした国の情報屋だったってことですか？」

話を整理して確認した咲也に向かい、ティーダは先ほどの凍りついた目を向ける。

「そしてさっき出会った派手な男がクレールだ。一族郎党《ろうとう》、俺たちをことごとく滅ぼした国、ゼネルの後継者……いや、今は長だったな」

「クレールは自分がゼネルの長になるために、親兄弟も亡き者にしたっていう噂があるからね」

話の殺伐《さつばつ》さに咲也は背中に冷たい汗が流れるのを感じた。

国同士の小競り合いはあると聞いていたけれど、ここは魔獣に脅かされるだけでなく、そんな、血で血を洗うような戦いまでもが起こっているというのか？

「俺はむざむざと生き残ってしまって、いつかクレールの寝首を掻いてやろうと機会を狙っている。そして、ゼネルの奇襲と共に現れた魔獣を滅ぼすために。その思いだけでここまで生きてきた。冒険者になったのもそのためだ」

「ゼネル国の奇襲と共にゴースンが現れるなんて、できすぎなんだ！」

可愛いミミたんの、吐き捨てるような口調は聞いたことがない。

「……ゴースンって？」

「数多いる魔獣の中でも、頂点とされる奴だ。住処で眠っているのが常で、よほどのことがなければ目覚めることはなく、実在するのかどうかも疑わしいと言われていた。だからゴースン（亡霊）と呼ばれている」

「クレールが何かやったのに違いないんだ！　きっと」

ミミたんは、もふもふの身体を震わせていた。こんなミミたんも見たことがない……。

「そのことをみだりに口にするな。どんな魔族が聞いているかわからない。魔に引っ張られるぞ。だからおまえも今まで黙っていたんじゃないのか？」

ティーダはミミたんを諭す。沈黙が流れ、ややあって咲也はティーダに問いかけた。

「ティーダは復讐のために生きているんですか？」

「そうだ」

それはとても哀しいことだと咲也は思った。だが、そういう生き方もあるのだと、ティーダに少しでも恩返しをしたい僕は、そんな彼の力になるべきなのかもと。

でも――。

僕は医者だ。その仕事をまっとうするためにここに生き返った。命を救う医者が、復讐の力になるのか？　それは違うんじゃないのか……。

ティーダがここまで僕を助けてくれたことに報いたい。その思いは変わらないが、咲也の中に葛藤《かっとう》が生まれた。

「復讐のために生きている俺は嫌か？」

咲也の心を見透かしたかのようにティーダは問う。だがその声も表情も、却って怖くなるほどに穏やかだった。

「俺は帰るところがない。トイの家も所詮はそういう者の仮住まいにすぎない。ジャンもルハドもリーデも、みんなそうだ」

「仮住まいだなんて、ティーダ……」

異邦人の自分だからこそわかる。家族でなくても仲間だ。あの家には暮らしがあり、笑いもある。

「みな、ずっとトイの家にいるわけじゃない。いずれ、散って行く者たちの集まりだ」

ティーダは失った国へ帰りたいんだろうか。咲也は思う。だが、それはもう叶わない願いだ。

ティーダの視線が咲也を捉える。

なぜ？　どうしてそんな淋しい目で僕を見るんですか——。

「サキ」

「はい」

名前を呼ばれただけなのに、胸が躍った。哀しい話をしていたのに、それでも。

「異世界から来たおまえを見ていると、俺の姿と重なることがある。帰る所がないというさだめだ。だが、おまえはこの世界で生きようと一生懸命なのに、俺は……」

その続きの言葉は紡がれない。ティーダは俯いていた。いつもの彼と違う姿が痛々しい。

咲也はティーダの大きな手に、そっと自分の手を重ねた。

「本来、こうやって手を当てて痛みを癒やすことを『手当て』って言うんだと僕は思っています。今、ティーダの心が痛んでいるなら……」

見つめ合う咲也とティーダを残し、ミミたんはそっと羽ばたいていった。「リーデが待ってるから先に帰るね」と小さく言って。

そうして二人きりになり、急に恥ずかしくなった咲也は、手を引こうとした。だが、その手を握り返される。

「俺が、おまえが自分を傷つけるのを怒ったのは、実はもうひとつ訳がある」

ティーダはおもむろに口を開く。

「それは……」

だが、その続きが告げられようとしたその時――。

「危ない！」

鷹よりも大きな鳥が急降下してきて、咲也はティーダの腕の中に庇われる。その反動で抱きかかえられたまま草の上を転がって――反動で唇と唇が重なった。

（えっ？）

キスしてる？　違う、これは事故だ。唇同士がぶつかってしまっただけ――。

「んっ」

だが、ティーダの唇は離れなかった。咲也も離れなかった。離したく？　なかった？

（初めてキスした……？　きっと、経験することなく人生が終わるんだと思っていた……のに……）

そう思うと、唇の温かさにぼうっとしてしまって、キスってこんなに幸せなものなんだと思ったら泣けてきそうで、ティーダがなぜ唇を離さないのかということまで考えられなかった。

だが、やがて唇はそっと離れていった。そうしたら急に恥ずかしさが押し寄せてきた。鼓動が高まって、胸がどうにかなってしまいそうだ。

（生き返る前だったら、心臓がもたなかったかも……）

ティーダがじっと見つめてくる。なんてきれいな青い目なんだろう。青というよりも碧なんだ……。

「何を考えている？」

「さ、さっきの鳥はなんて鳥だったのかと」

とっさにそんなことを訊ねてしまう。が、ティーダの答えを聞いて咲也はゾッとした。

「ただの鳥じゃない。あれはガウルスという魔鳥だ。鋭い爪と牙で地上の小動物を捕まえて血を吸うんだ。人間も襲われることがある」

「か、庇ってくださって、ありがとうございました」

キスの話にはならない。ティーダにとって、あれくらいキスのうちに入らないのかもしれない。だがティーダは、ひとりであたふたしている咲也の心を知ってか知らずか、手を握ってきた。

「手当てか」

彼が言ったのはそれだけだった。二人は手を取り合ったまま、夕焼けを見ながら歩いて行った。

＊＊＊

それから数日後、咲也はトイの薬師（兼医者）ギルドに登録した。薬草の研究も大切な仕事なので、薬師でないとは言い切れなくなってきていたが、あくまでも「医者として」だ。

チャーたんがもたらしたシャルの治療の話が広まり、依頼してくる者が増えてきたのだ。

麻酔や縫合は受け入れられないと思っていたが、興味のある人や、命のためなら斬新な医療も受けたいという人も多かったのだ。

「公平を帰すためにも薬師ギルドに登録して、采配してもらった方がいい」

ティーダの助言をもとに、登録を決めた咲也はギルドマスターの指示により、登録料を払ったり、面接官と話をしたりした。冒険者と違って、薬師や医者にはステータスはないということだった。

（本当に役所みたいだな）

咲也が手続きをしている間も、一緒に来てくれたティーダに向けて、受付嬢がカウンターから盛んにウインクや投げキスを飛ばしていた。ティーダはなびかなかったが、受付嬢は積極的だった。

（やっぱりどこへ行ってもモテるんだ）

今更ながらにそんなことを思い、彼が一緒に来てくれたことは、二十六歳の男に対して過保護ではないかと思えてきた。だが、嬉しいのだ。受付嬢には悪いけれど。

「これで、この国に正式な医者が誕生したということだ」

ティーダは尊大に言い放つ——が、目が笑っているような気がする。

「そ、そうだといいですけど」

笑顔を返すが、きっとぎこちなかったに違いない。

『キス事件』から、咲也はティーダを「理想の体躯をもつ男」としてではなく、違う方向で胸をときめかせる対象として意識するようになってしまった。初めてのキスが引き金を引いたのか……。

一方、ティーダ自身はといえば、角が取れてまろやかになったような気がする。だから、きっとおろおろしているのは咲也だけに違いなかった。

そうして、咲也の忙しい生活が始まった。ぼうっとするとティーダとのキスのことばかり考えてしまうので（この歳でそんなことばっかり考えているなんて、僕は変なのではないだろうか）忙しいのはありがたかったし、やりがいもあった。

家での生活衛生指導はなんとか定着し、リーデはさらに栄養のある料理の開発をがんばっている。『僕の料理が強い冒険者をつくる』ということは、今や彼の誇りでもあった。

良質な『たんぱくしつ』と共に、骨を強くする『かるしうむ』をもっと。

豆ボールにチーズを加えることで、さらにバージョンアップしたり、骨まで食べられるように魚をとろとろになるまで煮込んだり。美味しくて身体によいものを追求する姿は本当に頼もしくて、リーデ自身、細い腕で幸せそうに鍋をかき回しているのだった。

ジャンは高血圧ぽくて、ルハドは体温が低く、おそらく低血圧だ。ジャンは塩分を控え、ルハドは水分をしっかり取り、睡眠も十分に。二人とも、お酒はほどほどに。

「大事なのはやっぱり『たんぱくしつ』なんだね」

そう言いながら、ジャン用に塩分を控えたメニューを作ったりしている。トマトに含まれる『ぐるたみんさん』で旨《うま》みを加えるのだ。

リーデの『豆のカリカリ揚げ』『豆ボールの煮込み』『きれいな色の野菜ソテー』『クルミパン』はレシピを求める人が増えてきていて（ジャンやルハドが、うちの料理は美味い！　と方々で話しているようなのだ）リーデは美味しいだけでなく身体にもいいことをちゃんと説明している。

（リーデはきっと、管理栄養士になれる）

そんな二人に対し、ティーダは健康体だ。さらに健康体になったことは言うまでもないが、虫歯ひとつないだろう。

シュアラ国の後継者だったというティーダ。ミミたんによれば、シュアラ国は裕福で、ティーダはお城みたいな屋敷に住んでいたらしい。きっと周囲にかしずかれて育ったのだろう。だから布で手を拭くこともしていたし、咲也がもたらした衛生改革を抵抗なくあっという間に受け入れた。食事だって、もともとは取り分けられて食べていたのかもしれない。

——俺たちとは育ちが違う。

ルハドが言ったことの意味もわかった。

（でも、今は哀しみを抱えていて、復讐心をもっていて）

その痛みを癒やしたい。思いはキスの感触と共に、日々大きくなっていく。今や、あれほど好きだった（今も好きだが）ティーダの上腕二頭筋への思いよりも大きいくらいだ。

だから、一生懸命に働いた。ティーダへの思いがわからないから、迷路にはまり込まないように、生き返らせてもらった使命を忘れないために。

依頼者は、本当に様々な人がいた。喘息《ぜんそく》らしき女の子、ギックリ腰に違いない商店主、捻挫《ねんざ》した少年、豆を喉に詰まらせた子ども、縫合を伴う怪我もあった。

（町の開業医ってこんな感じなのかも……）

大学病院しか知らない咲也は「こういうの、いいな」と思った。戦いや魔獣に関係しない日々の医療に、前の世界から持ってきた知識と技術と、ここで得たものを掛け合わせながら。

最初はないものばかりの医療をもどかしく思っていたが、工夫し、試し、研究することが咲也に医療の深さを教えてくれた。地球でも異世界でも、命の尊《とうと》さは変わらないのだ。

今は居候《いそうろう》状態だけど、いつか診療所を開けたらいいな――できれば、リーデも一緒に来てもらって健康メニューの講習会をやるのもいい。ミミたんは看板クピット？　で、ジャンやルハドも通ってくる。

（ティーダは？）

楽しい想像はそこで止まってしまう。ティーダのその後は？

まったく想像がつかないのだ。復讐を果たしたらティーダはどうするつもりなのだろう。

気になる人のことなのに、その人の行く先が何も浮かばないなんて。

「サキ、ギルドから呼び出しだよ。大切な話だからすぐに来てって！」

ミミたんがぱたぱた飛んできて、咲也のもの思いはそこで強制終了した。ミミたんは、とても慌てている。

いったいなんだろうと思いながら、咲也はトイの薬師ギルドへと向かった。


「やあ、元気だったかい？　医者稼業は繁盛しているようじゃないか」

そこで待っていたのは、ティーダがこの世で最も憎《にく》む男、ゼネル国の長、クレールだった。相変わらず刺繍の豪華な派手装束に身を包み、慇懃無礼《いんぎんぶれい》に声をかけてくる。彼が僕になんの用があるというのか。咲也は冷ややかに答えた。

「おかげさまで……今日は僕になんのご用でしょうか」

元気かとか、医者稼業がどうだとか、彼の問いに答える気にはなれなかった。

「君の腕を見込んで、たっての頼みがある。もうすぐ我がゼネルは、とある銀山を守る魔獣を倒すための戦いに出る。君を我が隊の専属医師として依頼したい」

咲也は驚いて、声もなくクレールを見た。彼はとうとうと言葉を続ける。

「もう、このギルドには話を通してある。なあ、ギルドマスターどの」

「え、ま、まあ……」

冒険者と違って、ステータスがない薬師や医者は、よほどのことがないと専属は許されない。不公平が生じるからだ。どうして僕がティーダの仇《かたき》の専属になんか……。だが、咲也は「お断りします」と言いかけた口を噤んだ。

先日、グラントが魔獣に襲われた時、たくさんの怪我人が出た。自警団だけでなく、一般の人々まで。呻き声、泣き声、叫び声、そしてシャルの顔が浮かぶ。

この男が何をする気なのか知りたくもないが、きっと多くの人々が戦いに巻き込まれて傷を負う。爆発事故に巻き込まれた人たちの、前世の記憶が蘇ってくる。

考え込んでしまった咲也に、クレールは尊大な態度で交渉を詰めてきた。ティーダの俺様はカッコいいが、こうして、彼に超々上から目線で言われるのは我慢ならない。

「どうだ？　言うまでもないが報酬ははずむ。ギルドを通して支払うなんて野暮《やぼ》なまねはしないよ。もちろん君個人にだ」

報酬のことを考えていると思われたのだろうか。咲也はめずらしくカッとして、思わず言い返していた。

「お金の問題じゃありません！」

その時、咲也とクレールを遮るように、さっと割って入ったものがあった。ティーダの背中だ。ミミたんが知らせてくれたのか。

「サキになんの用だ」

「相変わらず、姫の危機に現れる騎士のようだな。いや、過保護というべきか」

くっくっ、とクレールは感じ悪く笑う。か、過保護、姫、騎士。だがティーダはそのどれも否定せずに、クレールを睨みつけた。

「魔獣との戦いに専属の医者として来てほしいという依頼をしていただけだ。ほら、ちゃんとギルドを通しているだろう？」

専属は許されないはずなのに？

ギルドマスターは目を泳がせ、いつもティーダにウインクを飛ばす受付嬢も、今日はおろおろしている。おそらく金品が絡んでいるのだろう。

「……そういうことか」

ティーダはその場の雰囲気を瞬時に読んだ。そして咲也の手を取り、踵を返す。前にもこんなことがあった。有無を言わせない雰囲気だった。

「そんなことに用はない。帰るぞ」

「おいおい、決めるのはおまえじゃないだろう。なあ、医者くん」

その言い方に、バカにされたようで咲也は腹が立った。だが、ティーダが怒っていることの方が気にかかる。

自分の仇の男と、僕が会っていたからだろうか。僕だってクレールが待っていると知っていたら相談したと思う。でも……。

僕は医者だ。決めるのは僕のはずだ。悔しいが、あの男が言ったように。

ティーダの前、馬の背に乗せられて、いつもは頼もしく思える腕に、大好きな彼の上腕二頭筋に、今は包まれていることが辛く感じられた。

あの男はティーダの仇だ。ティーダはきっと、僕が窮地《きゅうち》に立たされたと思って来てくれたに違いない。

でも僕は医者だ。医者だから。

咲也の胸に、声にならない声がこだましていた。

そして——。

「僕の考えも聞いてください。ティーダ！」

「聞く必要はない。何がなんだろうとあいつには関わるな」

クレールに依頼された翌日から、咲也はなんとかしてティーダに自分の思いを話そうとした。だが、ティーダは耳を貸そうともしない。ジャンとルハドは依頼された害獣駆除に出ていて、リーデとミミたんはおろおろしながら台所でその様子を見守っている。

「彼があなたの憎む人物だということはわかっています。でも、グラントの時のように、戦いになると多くの人が傷つきます。だから僕は行くんです。ひとりでも多くの命を救うために」

ティーダは咲也を無視する。まるで壁に向かって話しているようだ。

「僕は医者だから、命の現場を見過ごすことはできません！」

「命の現場？」

ティーダはゆるりと咲也に向けて首を傾けた。

「いつか俺が滅ぼすやつらだ。そんなことは関係ない」

「……あなたが、そんな人でなしだとは思わなかった」

どうしてティーダ相手にそんなことが言えたのか。だが咲也はティーダに対等に向き合おうとしていた。

「あなたは冒険者ではなかったのですか？　魔獣から人々を守るための」

「冒険者には、他にも様々な仕事がある。わかったふうな口を聞くな」

ティーダは青く冷たいまなざしで咲也をねめつけた。しばらく沈黙が続く。

「でも、決めるのはあなたじゃない。決めるのは医者である僕です。僕はあなたに多大な恩があります。あなたのためにできることならなんでもやるつもりです。でも、僕はあなたの所有物じゃありません」

完全に捨て台詞だった。咲也はティーダに背を向けて、隣の部屋に入った。

医療道具をまとめ、着替えなどの荷作りを始める。それはほぼ、ティーダが与えてくれたものだ。咲也はそのことが嬉しくて、感謝も、彼の力になりたいという思いも温めてきた。だが、今は自分なりの報酬もある。どうあってもすべて精算しよう。甘えてばかりだった自分も悪いのだ。

シャルの両親から初めて謝礼をもらった時、咲也はティーダに、自分のためにかかったお金を返そうとした。だが、彼はどうしても受け取ってくれなかったのだ。

そんなことを考えていたら、ミミたんがぱたぱたと飛んできた。

「サキ、本当に行くの？」

「行くよ」

咲也はあっさりと答えた。

「……戻ってくるよね」

「わからない」

「そんな……今のケンカは売り言葉に買い言葉だよ！」

ケンカか……。確かに一時の感情に流されているのかもしれない。辛くないわけがない。

だって僕は、彼に惹かれているのだから。

もくもくと荷造りの手を動かしながら咲也は自分の心を知り、噛みしめた。だからこそ自分の思いをわかってもらえないことが、そして、ティーダが国ごとクレールを滅ぼすつもりであったことが哀しくてならなかった。

「一生懸命に働いて、頭を冷やしてからこれからのことは考えるよ」

「やだっ！　絶対に戻ってきて！」

いつの間にかベッドに座り込んでいたリーデが細い腕で咲也を抱きしめる。

「サキ、大好きだよ。サキは僕のことを最初っから嫌わないで、いろんなことを教えてくれた。ティーダだって忌み子の僕に仕事と居場所を与えてくれた。二人とも大好きだよ。ティーダだって頭に血が上ってるだけなんだ。ねえ、サキ……」

「ありがとう、リーデ」

優しく笑って、だが咲也はリーデの腕をそっと外した。

「まだ、何も決めたわけじゃないから……ただ、怪我人が多くでそうな戦いの場を見過ごすことはできないんだ。みんなの食事、お願いね。僕もリーデが大好きだよ」

「サキ……」

二人に微笑んで、咲也は医療道具と諸々《もろもろ》の荷物を持って、裏口から家を出た。クレールが待つ、ゼネル国に向かって。

5

ゼネル国は、トイの村から馬で半日ほどの場所にあった。そう、遠い距離ではない。テイーダはゼネルの近くでクレールを監視し、機会を探っていたのかもしれない。

馬に乗れない咲也は、貸し馬車で目的地へ向かった。タクシーみたいなものだが、面白いのは「急ぎ・普通・ゆっくり」が選べることだ。戦いが気になっていた咲也は「急ぎ」を選び、昼過ぎにはゼネルの中心街に到着した。

トイの村も豊かな感じがしたが、ゼネルはそれ以上だった。

町の中心地には、大理石のような石で建てられた瀟洒《しょうしゃ》な建物があり、商店なども垢抜けている。薬師兼医者のギルドを訪ねると、このますぐに、クレールの屋敷に向かうとギルドマスターは言った。

「今日の夕刻にも出陣《しゅつじん》ですからね、急がなくては」

手続きもなしにクレールの元に直行だ。クレールの屋敷は先ほど見かけた瀟洒な建物だった。屋敷というよりもまるで城だ。水濠で守られた壁の外には、既に武装した者たちが集まっていた。咲也の知る冒険者の雰囲気ではなく、鎧《よろい》をつけたまさに兵士たちだ。

「やあ、来てくれると思っていたよ。少し遅かったが」

何を根拠にそんなことを思うのか。ペルシャ絨毯《じゅうたん》のような敷物が敷き詰められた、豪華な部屋に通された咲也は鼻白《はなじら》む思いがした。

「僕は、あなたの戦いに加勢するために来たのではありません。ひとりでも多くの命を救うために来たんです」

「雇われた身で偉そうなことを言うじゃないか」

クレールは上から目線で小馬鹿にしたように答える。

「では、報酬はいりません」

「ひ弱そうなのに、なかなか言う。気に入ったよ」

咲也の言葉に向き合わず、クレールは傍らに控えていた女性の肩を引き寄せた。白肌に黒髪が映える、たおやかな美人だ。柔らかな茶色の目をしている。

「私の妻だ。ニーナという」

ニーナと呼ばれた女性は、膝を折り、身体の前に手を添えてお辞儀をした。とても上品な所作だった。

「ニーナと申します」

「彼女は元、ティーダの許嫁《いいなずけ》だったが、縁があって今は私の側にいるというわけだ」

名乗ろうとした咲也を遮るように、クレールは意味ありげな笑みを浮かべた。

許嫁……？

「サキヤです。どうぞサキとお呼びください」

努めて冷静に名乗ったが、クレールの言葉に明らかにショックを受けていることを咲也は思い知った。

だが、この男の前で動揺など見せてなるものか……！

対するニーナは、静かに頭を下げただけだったが、心なしかその顔色は白を通り越して蒼白《そうはく》に見えた。

なんの嫌がらせだ。僕にとっても、そして彼女に対しても。

——あれは、俺が世界で最も憎んでいる男だ。

ティーダが言った意味がよくわかる。本当は、憎いなどという言葉では足りないに違いない。ティーダはクレールの襲撃と魔獣の襲来という不幸が重なって、すべてを失ったのだ。——許嫁も。

（でも、もう引き返せない。僕はティーダの心よりも医者としての自分を選んだのだから）

咲也はきっと唇を引き結んだ。

「出陣に随行します」

客人扱いの馬車を断り、咲也は武具や食料を積んだ荷馬車に乗り込んだ。兵たちは先だって出発している。

攻め入るのは、山向こうの銀山だという。ぼんやりとその方向を眺めていた咲也だったが、ニーナに出会ったことが棘《とげ》のように心に刺さって抜けてくれない。戦場に向かっているというのに……咲也は頭を振ってその思いを振り切ろうとした。

「サキ、サキ」

「チャーたん！」

茶色の耳をぱたぱたさせて羽ばたいてきたチャーたんは、咲也の肩にちょこんと乗った。

「ミミたんから事情は聞いたよ」

「そうなんだ……それで来てくれたんだね」

「あのね、ゼネルの兵はすごく強いけれど、みんな傭兵なんだ。お金の力で集めた冒険者たちの集まりなんだよ。クレールは彼らを道具としか思っていない。でも、傷ついて戦力が衰えては魔獣に立ち向かえない……だからサキを雇ったんだ」

「そういうわけか……」

冒険者にもいろいろあるんだ——ティーダの言葉が頭の中を過っていく。

「わかった。ひとりでも多くの命を救えるようにがんばるよ」

「あいつら、いつもそうなんだ。他の国を攻める時も……！」

チャーたんの言葉に、咲也は身が冷える思いがした。

国同士の戦いならば、攻められた国側にも当然ながら被害者が出る。雇われた医者が、たったひとりで双方の怪我人を救うなど理屈的にも物理的にも無理だ。そういうことなんだ。これが専属で雇われるっていうことなんだ……。

(今になって、そんなことがわかるなんて)

唇を噛みしめる咲也を元気づけるように、チャーたんは言った。

「チャーたん、できるだけサキの役に立てるような情報をもってくるよ。だからがんばって。無理しちゃだめだよ」

「うん、ありがとう」

じゃあね、羽ばたいていったチャーたんを見送ると、間もなく魔獣が守るという銀山の麓に到着した。魔が通るという黄昏時《たそがれどき》だ。銀山は靄《もや》に包まれて不気味な姿を見せていた。

咲也は救護用に準備されたテントに入り、もくもくと準備を始める。手伝いの者はいない。いつ怪我人が運び込まれてくるかわからない状況に立ち向かい、咲也は白衣の衿《えり》を正した。

（ここからは、僕の戦いだ）

やがて、魔獣のものらしい奇声が聞こえてきて、咲也の孤軍奮闘《こぐんふんとう》が始まった。

「熱い、熱い！」

運ばれてくる冒険者たちは火傷《やけど》が多かった。銀山を守る魔獣たちは人間程度の大きさだが、数が多く、火を噴くのだという。その炎は鎧をもってしても防げないようだ。比較的軽傷の者から重傷者まで……。

「先生、水飲ませてくれ……」

「はい、すぐに」

咲也は冷たい水を汲んできて、彼の口にそっとカップをあてがう。

この世界に来る前に巻き込まれた爆発事故の時と同じだ。あの時水を飲みたいと言った女性は、その後大丈夫だっただろうか。あれがすべての始まりだったのだ。

もう一杯と所望《しょもう》され、水がめの方を振り向いた咲也の目の前に、水の入ったカップが差し出された。頭に白い布を被った女性だ。簡素なドレスを着て、布から見えるのは茶色い瞳だけだ。

「どうぞ」

「あ、ありがとう」

「お手伝いします。雑用的なことしかできませんが」

「助かります。では、お湯を沸かしてもらえませんか？」

騒然とした中で詳しい事情は聞いていられなかったが、彼女は、てきぱきとよく働いた。

痛々しい水ぶくれや患部《かんぶ》の血を見ても、顔を背けることなく咲也の手助けをしてくれた。

（もしや、ニーナさん？）

その声と茶色の瞳で、彼女はクレールの妻、ニーナに違いないと咲也は思った。

（でも、どうしてここに？）

ティーダの許嫁だった女性……。

そう思うと動揺してしまう。だが、ここが医療現場であることが、それ以上考えることを止めてくれた。火傷を負った者だけでなく、全身を打撲《だぼく》した者たちが次々に運ばれてくる。

「サキ、怪我人の様子はどうだ？」

ずかずかと傍若無人にクレールがテントに現れる。ニーナは反射的に、物陰にさっと身を隠した。

サキと呼ばれたことが不快だったが、咲也は冷静に状況を報告する。

「火傷の重傷者が多いです。炎症を抑えるために、シーダで作った薬を飲ませましたが、さらに身体を冷やさなければ命に関わる人もいます。熱傷《ねっしょう》は進行します。もっと水が必要です！」

咲也は訴えた。このままでは皮膚が壊死する恐れのある者もいるのだ。このままでは植皮が必要になる。そうなる前になんとか症状を食い止めたい。

だがクレールは顎をしゃくり、とんでもないことを言い出した。

「そんな奴らは捨てておけ。その代わりに軽傷者に治療を施して、すぐに動けるようにしろ」

「そんなことはできません！」

クレールは彼らを道具としか思っていない。チャーたんの言った通りだ。咲也は頭に血が上る思いだった。

「僕はひとりでも多くの命を救うためにここに来たんです」

「雇い主は私だ」

「治療の邪魔です。そこをどいてください！」

クレールを無視して、咲也は患者たちの所へ戻った。酷い火傷を負った男は咲也の腕にすがった。どことなく、ジャンに似た男で咲也の胸は痛んだ。

「先生、俺たちは……見放されるのか？」

「安心して。僕がそんなことはさせませんから」

「ふん」

クレールは嘲《あざけ》るように笑ったかと思うと、大声で告げた。

「さあ。動ける者は今すぐ戻って戦うんだ。これは命令だ！」

すると、比較的軽傷の者たちが何人か立ち上がった。軽傷と言っても、今動けばまた傷口が開いてしまう。悪化するだけでなく、感染の恐れも出てくるのだ。

「行ってはだめです！　あなたたちはまだ……！」

咲也は必死で止めようとしたが、彼らは重い身体を引きずるようにして出て行く。

「戦わないと金がもらえねえ。冒険者としてのランクもかかっているんだ」

彼らの言葉が咲也の心に重くのしかかる。だめだと訴えても、多くの者が出て行ってしまった。

（そんな……）

「仕方ない。水は用意させよう。それで手当てが進むのならな」

軽傷者たちが戦線に戻ったので満足したのか、クレールはそう言って、テントの外へ出て行った。テントの中には数人の重症患者たちと咲也、そして隠れていたニーナだけが残った。悔しくて、ただ悔しくて、咲也は髪を覆った布をぐしゃっとかき混ぜた。

「そういう人なのです」

ニーナはひと言、そう呟いただけだった。

ややあって、水が大量に届いた。ニーナは布を水に浸し、咲也はその布で重傷者の身体を包み、体温が下がりすぎないようにさらに毛布で包んだ。二人とも処置に集中していて、話をすることはなかった。

ひと通りの処置が済み、彼らは静かに眠っている。もう夜も更けていた。途中、チャーたんが戦況を知らせにきてくれて、銀山の魔獣はほぼ倒され、今は残党がいないか捜索を続けているということだった。

「朝には終わると思うよ」

「そうか……」

あとから出て行った人たちが無事であることを、祈るしかできない自分がもどかしい。戦いに復帰させるために治療したのではないのに……。

(ティーダの顔が見たい……)

あれだけ衝突したのに、もう戻らないかもしれないと思ったのに、咲也は心底、ティーダに会いたいと思った。

（どうして彼なんだろう。この世界にも、男性も女性もたくさんいるのに。僕は今まで男性に惹かれたことはなかったのに）

ふっとため息をつき、ニーナに告げる。

「あとは僕がついていますから、あなたはどうぞお戻りください。お疲れになったでしょう？　本当にありがとうございます。助かりました」

咲也はニーナを労うが、ニーナは首を横に振った。

「あなたにお話したいことがあるのです。あなたはティーダの所からいらしたのでしょう？」

彼女からティーダの名前が出た。しかも話があるという。咲也はうなずきながらも、動揺してしまうのを止められないでいた。

「アイダ」

「はい、ここに」

ニーナが呼ぶと、同じように顔を白い布で隠した中年くらいの女性が現れ、ニーナの前にひざまずいた。

「私が先生とお話している間、患者さんたちを見守っていておくれ。何かあったらすぐに知らせるように」

「承知いたしました」

アイダと呼ばれた女性は、さっと患者たちのベッドの方へと動いた。

「彼女は多くの出産に携わってきた者で、多少の医術の心得があります。容態が落ちついている今ならば見守りを任せても大丈夫かと……申しわけありません。勝手に段取りをしてしまって……」

てきぱきと采配をしていたニーナは、急に申し訳なさそうに表情を歪ませた。

「時間がないのです。クレールが城に戻るのは夜半過ぎと聞いております。私はそれまでに戻らねばなりません」

クレールの元を抜け出して来てくれていたのか……咲也は深く頭を下げた、

「いいえ、そんな……見守りをしていただけて助かります。では、急いでお話をうかがわないと。どうぞこちらに」

医療テントを布で遮ったところに、咲也は仮眠のためのスペースを作っていた。別のテントを用意しようというクレールの申し出を断っていたのだ。

薄い敷物の上に夜具をかき集め、彼女にそこに座ってもらった。そして咲也はその向かいに座る。いざ向き合うと、彼女もどう切り出したらいいのか戸惑い、焦っている感じがした。

「アイダさんは、助産師さんなんですね」

「ジョサンシ？」

「僕が前にいた世界では赤ちゃんをとりあげる専門の方をそう呼ぶんですよ」

「前の世界……というのはどういうことですか？　あなたが黒い瞳をしておられることと関係があるのでしょうか」

その会話を皮切りに、咲也は自分がこの世界に来た経緯を話した。

前の世界でも医者だったこと。一度死んだけれど、自分の使命をまっとうするためにこの世界に蘇り、ティーダに保護されて冒険者たちの家にいること、自分なりに手探りで医者を続けていること――。

食い入るように話を聞くニーナの目に圧倒されそうだった。二人は愛し合っていたんだろうか。その思いが心から離れない。

ティーダの名を口にするたび、咲也の胸はじわじわと痛んだ。ひと通りの経緯を聞き、ニーナは静かに口を開いた。

「ティーダの身の上はご存じですか」

「はい。大まかにですが……。シュアラという国の長の息子だったけれど、クレールに奇襲された時に邪悪な魔獣が現れ、その混乱に乗じて、一族郎党、ほぼ滅ぼされてしまったと……」

「シュアラは美しい野山に囲まれた、豊かな素晴らしい国でした。それもみな、長ご一家のお心のおかげで……私たちはただ、静かに平和に暮らしていただけなのです。それがクレールのせいで……」

ニーナは涙ぐむ。その、憎んでも憎み足りないであろうクレールの妻になっているのだ。どんなにか屈辱的だろう。そして、未来の花嫁を奪われたティーダは……。

「長一家で生き残ったのはティーダただひとりでした。許嫁だった私は早々に囚われ、クレールに自分の妻になるようにと言われました。ですが、逃げおおせたはずのティーダが救出に来てくれたのです。彼は既に満身創痍《まんしんそうい》でした。自分だけでも動くのは大変だったはずなのに私を連れて……私を救いに来なければ、彼はそのまま逃げることができたのに」

ニーナは涙を堪える。咲也はやりきれなさで唇を噛みしめた。

「結局、捕らえられてしまった私たちはクレールの前に引き出され、クレールは私に、妻になると約束すればティーダは牢獄で生かしておいてやろうと言いました。私はクレールの申し出を承諾し、ティーダと引き離されました。今もあの時のティーダの叫び声が耳に残っています……」

――だめだ、俺のためにそんなやつの言うことなど聞くんじゃない！

――助けてやる。いつかきっと助け出してやるから！

そうしてニーナは声を殺して泣き崩れた。アイダは当時のニーナの侍女であり、彼女を随行させるよう、ティーダはクレールに頭を下げたのだという。

咲也は絶句した。ニーナがどんな思いでティーダを生かしたのか。そう思うと、感情が心の中で渦《うず》を巻き、苦しくてたまらなかった。

「その後、私はクレールの妻となり、ティーダは牢を脱獄したと聞きました。私は、ただティーダが無事でいてくれることを願うばかりでしたが、彼は再び、私を助けにきてくれたのです」

見つかったら今度こそ殺される。幾重もの危険をかいくぐり、ティーダはニーナの前に現れたのだという。

――逃げよう、ニーナ。一生クレールの側で生きるなど、おまえにそんな思いはさせられない。

「でも、私は断りました」

「……どうして」

咲也の問いに、ニーナは静かに微笑む。とてもきれいで、そして凜《りん》とした微笑だった。

「私がゼネルから逃げれば、この国の中で私を慕ってくれる者、信頼してくれる者を裏切ることになります。それはどうしてもできませんでした。それに、これ以上ティーダを危険に晒すことも」

「……」

「だから、もう来ないでほしいと言ったのです。私はここで生きていくからと」

「それで……それでティーダはどうしたのですか？」

咲也は胸が締めつけられていた。助けにきたニーナに拒絶されて、彼は――。

「俺は諦めないと言いましたが、私は答えませんでした。あの時のティーダの顔を、私は一生忘れることはないでしょう」

「あなたは、ティーダを愛していたのではないのですか？」

それなのに……。ニーナの話を聞いてなお、咲也は言わずにいられなかった。言ってしまったら彼女を責めることになる。それはわかっていた。だが、その時のティーダの心を思うと、たまらなかったのだ。

「そうですね、きょうだいのように、家族のように愛していました」

ニーナは遠い目をして答える。それがたとえ嘘でも本当でも、ティーダはあなたを愛し、二人で故国を再興することを夢みていただろうに――。だが、それはさすがに言葉にすることはできなかった。

「クレールはシュアラの豊かな大地を手に入れて満足し、結局、ティーダのことはそれ以上追いませんでした。ひとり生き残って何ができる。自分だけおめおめと生き残って辛酸《しんさん》を舐め続けるがいいと笑ったのです」

「なんて酷い。人間のやることじゃない！」

咲也は感情を昂ぶらせる。

ティーダ、ティーダ……僕に何ができる？　今すぐにでも飛んで帰って、傷ついたあなたを手当てしたい……。

クレールに手を貸したことは、やはり間違っていたのか。でも、僕は医者として人々の命を守りたかった。この矛盾した感情をどうしたらいい？

咲也は葛藤《かっとう》と怒りと、そしてティーダへの恋しさと戦っていた。だが、ニーナの話はまだ終わらなかった。

「そうです。彼は人間ではありません」

ニーナは目に怒りを漲らせていた。まごうことなき純粋な怒りを。

「クレールは魔族と契約しているのです」

それは禁忌《きんき》ではないのか？　異世界人であった咲也もそのことはミミたんから聞いていた。ニーナは、握り会わせた両手をぶるぶると震わせている。

「彼はこの世界を征服するのだと真剣に考えています。狂気としか思えません。今回この銀山を狙ったのも、契約した魔族へ貢ぐため。彼は、契約した魔族が所有する魔獣、ゴースンを使ってシュアラの国を滅ぼしたのです！」

言い切ったニーナは過呼吸を起こす寸前だった。それほどまでに激昂しているのだ。咲也は驚きとショックで動揺しながらも、ニーナの背を優しく擦った。

「ニーナさん、ゆっくり息を吸って、吐いて……」

少しずつ呼吸を整えたニーナは「悔しい……」と呟いた。

「もしティーダがその魔獣を滅ぼしたならば、契約していたクレールはどうなるのですか？」

「もちろん、クレールも魂を喰われておしまいだよ」

話に飛び込んできたのはチャーたんだった。何かにすがりたくてたまらなかった咲也は、チャーたんをぎゅっと抱きしめる。ミミたんのことも思い出さずにいられなかった。

「本当に君たちは神出鬼没《しんしゅつきぼつ》だね、チャーたん。でも、あんまり危ないことをしたらだめだよ」

「サキはぼくに名前をくれたんだもの。サキのためならなんだってするよ！」

「喋るクピットさん？」

「こんにちは、ニーナさま。グラントのチャーたんです。でもこの頃はサキのために働いてるんだ！」

「名前のあるクピットさんに会ったのは初めてよ。私のクピットにも名前をつけなくてはね」

「絶対に喜ぶよ」

チャーたんはにっこり笑って、ニーナの肩にちょこんと止まった。ふわふわした毛が頬に触れ、ニーナの硬かった表情が少し緩む。ニーナの肩の上で、チャーたんは咲也に情報を補充してくれた。

「ゴースンって言うのはね、『亡霊《ぼうれい》』って意味なんだ。本当にいるのかどうかわからないくらいに幻の魔獣だったんだよ。だから、シュアラ国は戦いようがなかった」

「そんなレア……幻の魔獣をクレールは使うことができたんだね？」

「ゴースンを持ってるということは、かなりの上級魔族と契約したんだと思う。魔族との契約は、自分の魂を魔族に捧げるってことなんだ。人間の魂は魔族の大好物で、魔族はクレールの魂を少しずつ食らっているんだよ。その見返りにクレールは魔獣を召喚《しょうかん》できるんだ」

「その結末はどうなるの？　魔族に魂を捧げた人間は」

なんて怖ろしい話だ。咲也は寒気を覚えながら尋ねた。

「その者が長らえたならば、やがて、魔族が操る不老不死の人形に成り果ててしまうのです。その前に人間が滅べば、契約は終わりです。滅んだ者は魂を食い尽くされて塵《ちり》になると言われています。それでもあの人は世界を征服し栄華を誇ることを選んだ……」

答えたのはニーナだった。咲也は興奮気味に告げる。

「ティーダに知らせないと！　ティーダは国を襲った魔獣を探していました。あなたのおかげでティーダの求めていた情報が揃った。どうかあなたからティーダに！」

「いいえ、先ほども申したように、私はここから出ることはできません」

ニーナは強く言い切った。自分を信じて慕ってくれている者たちがいる。私には守らねばならないものがあるのだと。

「どうぞ、あなたから伝えてください」

「ニーナさん……」

彼女はきっと、クレールなんかよりずっと、ゼネルの民に慕われているに違いないと咲也は思った。そして彼女は、クレールの妻であり続けることにより、ティーダを助けたのだ。その葛藤は計り知れない。僕なんか、彼女の足元にも及ばない。

地面にのめり込みそうな心をなんとか保ち、咲也は努めて明るく言った。

「きっと、みんなまとめてティーダが助けてくれます」

そうすればまたティーダとあなたは……とは言えなかった。今もティーダはそれを望んでいるだろう。だが、咲也の心がそれを言うことを拒《こば》んだのだ。

（心が狭いな、僕も……）

「大切な情報だからね、そりゃもうサキから伝えるべきだよ。だからチャーたんはミミたんと連絡を取って、サキを迎えに来てもらうようにするね」

「あ、うん」

咲也は歯切れ悪く答えた。

迎えに来てもらうのではなく、一刻も早くここを出て魔獣の情報を伝えたい。あんな酷いことを言って飛び出した僕は、迎えにきてもらう資格なんてない。ティーダに謝りたい。彼に会いたい――。

だが、重傷者二人を置いていくことはできない。予後《よご》をしっかりと診て、必要ならば皮膚の移植をしなければいけない。

咲也は心を決めた。ニーナさんのように、僕も自分の努めを果たすのだ。

「あと一週間、僕はここに残るよ」

「なんで？」

「容態のよくない人をもう少し診ていたいんだ。僕も今、ここから離れることはできない」

「うーん……、それはわかるけど」

チャーたんは困ったように答えた。

＊＊＊

最初の処置が良かったためか、重症の火傷を負った二人の経過は良好で、皮膚移植はしなくても大丈夫だと咲也は判断した。

彼らは今後しばらく、シーダで作った軟膏を塗り、包帯を換える必要がある。咲也がやらなければ、ここでは捨て置かれるだろう。

チャーたんと約束した一週間はもうすぐだ。

（ここを出よう）

咲也は二人を連れてトイの家に帰ることを決めた。クレールとの契約はこれで終了だ。

「僕と一緒にトイへ行きましょう」

告げると、二人は涙を流して感謝した。

「だが、先生の立場が悪くなるんじゃねえのか？」

「僕はクレールに雇われた身です。あなたたちもそうですが、銀山攻めは終わりました。もうクレールとの契約は終わりです」

「報酬なんかいらねえから、すぐにここを出ていきてえよ……そうしたら、あんたの用心棒にでもなんでも使ってくれよ」

二人はダグとハンスといった。流れ者の荒くれ冒険者だと言うが、話してみると気のいい男たちだった。ありがとう、と咲也は笑いかける。

帰りの荷馬車はニーナが用意してくれた。御者《ぎょしゃ》はアイダだった。手当てを手伝ってくれたり、こうした段取りも、ニーナは夫に隠れてやってくれたのだ。どうかクレールにばれませんようにと咲也は祈った。

だが、疫病神（これは日本の言葉だが）は突如現れる。いざテントを出ようとした咲也の前に、クレールが立ちはだかった。

「おまえに話がある」

「僕にはありません。そこをどいてください」

咲也は毅然とクレールを拒絶した。だが、クレールは薄ら寒い笑みを浮かべたままだ。

「報酬がまだだろう」

「お金はいらないと言いました」

「報酬を払わねば契約は終了しない」

「では、今すぐに頂きます」

「ああ、報酬は私の妻が用意している。だが、まずは私の話を聞け」

ニーナがクレールの後ろに控えていた。咲也は驚きを封じ込め、素知らぬ顔をする。

「サキ、おまえを正式に我が国ゼネルの医者として専属契約したい。もちろんギルドは通し――」

「お断りします！」

咲也は立ちはだかるクレールを押し退けた。ティーダの元に戻るんだ。これ以上この男の側にいたくない。

「そんなにあの男が恋しいか？」

難なく咲也の手首を捕らえたクレールは、ニーナの前でふてぶてしく訊ねてくる。

「そういう話じゃありません！」

「では、もう少しゆっくり話をするとしようか。まずは頭を冷やすことだ」

クレールが言ったと同時に、咲也は屈強な男たちに捕らえられてしまう。だがその時、アイダが荷馬車を発進させるのを咲也は見た。

彼女の機転か、ニーナが気づかれないように合図してくれたかのどちらかだろう。あとはアイダがトイの家で事情を説明してくれれば……！

一方のクレールは荷馬車に気づくことはなかったのか、どうでもいいと見逃していたのか、高笑いしていた。

「どうだニーナ、私はまたひとつ、他の国を手に入れるためのものを得たぞ！　兵士どもを治し戦い続けるんだ。この医者は役に立つ！」

あいつの思い通りになどなってたまるか……！

男たちに引っ立てられながら、咲也は歯を食いしばっていた。

咲也が連れて行かれたのは、地下牢だった。

荒々しく放り込まれ、光の届かない薄暗い空間に、ガシャンと錠前を下ろす音が響く。

「あとで食事を持ってきてやる。夜にはクレールさまが来られるそうだ」

看守らしき男はそれだけ言って立ち去って行った。

(もしかしたらティーダが囚われたのもここだったのかもしれない)

そう思ったら、勇気が湧いた。気持ちで負けてたまるか。ティーダが脱獄したなら、僕だってやってやる。

……だが、どうやって?

イメージできたのは、映画の脱獄シーン。通気口を広げて脱獄したあの映画はなんてタイトルだったか。ただひたすら穴を掘るというのもあった。

内部を見回すと、通気口は上の方にただひとつ。医療バッグや荷物は荷馬車に乗せてきてしまったから、役に立ちそうな道具は何もない。素手で穴を掘るしかないか……。

(いやだめだ。時間はかけられない)

少しでも早く情報を伝えたい。そして、二人の患者の処置もしないと……!

もしかしたらチャーたんが僕のことを探しているかもしれないけれど、ここへは来ない方がいい。危ないことはさせられない。

チャンスは食事が運ばれてきた時だ。ここへ放り込まれた時のように入り口が開けられる。まずは看守が鍵をどうやって持っているかを探るんだ。なんとか鍵を奪って……。

（ティーダ）

咲也は牢の隅で膝を抱えて座り、彼を思った。

会いたいよ――。

こうなったのはすべて自分のせいだ。クレールがこれほどの極悪人だと思わなかった。ティーダがこの世で最も憎んでいる男、それだけで十分だったのに。

だが、何人かの命を救うことはできた――。多くの者は、また戦場に駆り出されて行ったけれど。クレールは、今後も咲也をそのために働かせるつもりなのだ。

言いなりになってたまるか。萎《しぼ》みかけていた心が再び膨らんできた時だった。

「食事だ」

看守が扉を開け、牢の中に入ってきた。……今、扉の鍵は空いている状態だ。ずいぶんずさんだが、それは好都合だ。そして看守は、輪っかに数個の鍵が下がったものを、腕輪のように手首につけている。剣などの武器は提げていない。

「なんだ？」

じっと看守の男を観察していたからかもしれない。男は咲也を睨んだ。

「えっ？　なんですか？」

怪しまれてはならない。咲也が答えると、男は舐めるような視線で咲也を見た。

「ふうん……黒い目をしているとはそそるじゃないか」

やばい。

男の豹変《ひょうへん》で身の危険を感じた咲也だったが、たちまち壁に追い詰められ、挙げ句、土の床の上に組み敷かれてしまった。

「離せ……っ」

「静かにしな。可愛がってやるからよ」

ごつい手が口を塞ぐ。男は片手で咲也の両手首を掴み、身の自由を奪った。唯一動かせる脚をばたつかせ、咲也は必死で抵抗した。首筋に男の息がかかり、背中に怖気《おぞけ》が走る。

(嫌だっ！　ティーダにも、されていないのに！)

必死な中でそんなことを思っていた。嫌だ、嫌だ。衣服の中へ入り込んできた手に肌を撫でられ、吐きそうだった。

ジャラ……。

男の手首から鍵をつけている輪っかが抜け落ちた。嫌悪感で総毛立ちながらも、咲也はそれを見逃さなかった。脚をばたつかせることをやめると、咲也が諦めたと思ったのか、男の下半身の力が緩んだ。今だ！　膝を曲げ、咲也は思い切り男の股間を蹴り上げた。

「ぐえっ！」

男は股間を押さえ、うずくまった。咲也は身体を翻《ひるがえ》して起き上がり、鍵の輪っかを掴んだ。

「な、何しやがる……！」

「しばらく起き上がれないけど、大丈夫。使いものにならなくなるほどじゃないから！」

扉を開けて外へ出て、ガシャンと錠前を下ろす。これは正当防衛だ。やった……！

だが脱出成功を喜んでいる暇はない。必死で走って外への通用口を見つけ、外から鍵をかける。ありがたいことに、この輪っかには屋敷のあらゆる場所の鍵がついているようだ。

屋敷の周りを囲む石壁の外は水濠だが、壁の外へ出られさえすれば、泳いでだって渡ってやる。出口を求め、咲也はひたすらに壁に沿って走った。

「サキ！」

なんとチャーたんが頭上で羽ばたいている。

「よかった！　姿が見えないから探してたんだ」

チャーたんのかわいい姿を見たら緊張が緩んで、咲也はその場に座り込みそうになった。

「サキ、がんばって！　ティーダも一緒なんだ。今、見張りがいない出入り口に向かってる！　とにかくサキのことを知らせてくるね！」

「ティーダが……？」

なんで、どうしてここに？　だが夢ではなかった。彼の声が壁の向こうから自分の名を呼んだのだ。

「サキ！」

「ティーダ……」

「無事か？　大丈夫か？」

「はい……」

胸が詰まってそれだけ言うのに精いっぱい。そんな咲也を励ますように、頼もしい声が呼びかけてくる。

「話はあとだ！　いいか、壁の西の角に出入り口がある。鍵は俺がなんとかするから、とにかく急いでそこへ行け！」

「大丈夫、鍵は持ってます」

身体に力が蘇り、咲也は西の角に向かって走った。疲れ果ててぼろぼろなのに、どうしてこんなに力が出るんだろう。

「あった！　出入り口だ！」

「鍵を投げろ！」

力を振り絞り、高い壁の向こうめがけて鍵を投げる。ティーダの元へ、鍵は弧《こ》を描いて落ちていった。

がちゃがちゃと錠前を開ける音がしたかと思うと、扉が開いて目の前にティーダがいた。

咲也はティーダの胸に飛び込み、ティーダも咲也を力強く抱き寄せた。

「よかった……サキ……」

「ごめん、ごめんなさい……！」

詫びた唇を塞がれる。感極まって、咲也ももっと強く、もっと近くと、ティーダの頭を抱き寄せた。二人は互いを確かめるように、何度も角度を変えてキスをした。

やがて顔が離れ、ティーダは咲也を腕に抱いたまま、錠前を下ろした。

「行こう」

「はい」

キスの余韻も覚めやらぬままに、ティーダは咲也の手を握って歩き出す。包まれる手のひらが温かくて、泣きそうになった。やっと、ティーダに会えたのだ。

「あっ、あの、ティーダ、すみませんでした！」

とにかく謝らなければ。咲也は早口で告げた。包まれた手に甘えてしまいたい気持ちでいっぱいだったけれど――。

「何がだ」

「ゼネル国に合流する前……感情まかせで酷いことを言って」

「ああ」

ティーダは軽くいなしたが、手を包む熱が高くなったように感じた。

「俺もきついことを言った。もっと別に言い方があったはずだ。悪かった」

「そんな……」

「とにかく、ここを立ち去るぞ」

水濠沿いに行くと、橋があって、その向こうで馬が待っていた。ティーダは咲也をひょいっと馬に乗せ、その後ろで手綱を握る。

馬を走らせながらティーダは言った。

「途中、ニーナの侍女が御している荷馬車に出会って事情は聞いた」

(そうか、ティーダがアイダさんを知ってるのは当然だ。彼女に、何かニーナさんのことを訊ねたりしたんだろうか)

さっきあんなにキスを交わしたばかりだというのに、そんな疑心暗鬼が頭を掠める。その一方で、咲也は懸命に頼んだ。

「はい、どうしても置いていけなかった患者さんたちです。どうか一緒にトイに行かせて

ください。お願いします！」

「患者たちか……では、おまえは自分の医療とやらを成し遂げたんだな」

咲也は思わず振り向いた。顔が近い……！　焦ってずれた眼鏡を、ティーダが正しい位置に直してくれた。

「あの、テントを建てて、彼らを入院させたいんです」

「入院？」

「患者さんに泊まってもらって治療することです」

「そんな医術もあるのか。では、取りあえずテントとベッドだな」

咲也は目を輝かせる。ティーダは彼らを連れ帰ることを許してくれたのだ。

「本当にありがとうございます。ティーダ！」

ああ、と答え、ティーダは咲也のつむじに優しくキスをした。

「またこうして、お前の笑った顔を見ることができてよかった」

ティーダはひと言ひと言を噛みしめるように告げた。

「サキ、俺はな、チャーたんからあと一週間だと聞いたけれど待てなかった。早くおまえに会いたかった。だからおまえを迎えに来たんだ。無事でよかった……」

ティーダの告白は、咲也の心に優しく、そして熱をもって染みわたっていった。

＊＊＊

「サキ！　帰ってきてくれたんだ！」

ティーダと共にトイの家に帰ってきた咲也は、走ってきたリーデにぎゅっと抱きしめられた。

「よかった……！　本当によかった！」

「ごめんねリーデ、心配かけて……」

泣きじゃくるリーデを咲也も抱きしめ返す。出迎えてくれる者がいる幸せを噛みしめて。

チャーたんとミミたんも再会を喜び合っている。ジャンやルハドも「おう、戻ったか」と鷹揚に受け入れてくれた。そして、アイダが先に送り届けていた患者のひとり、ダグとジャンはなんと顔見知りだった。咲也は皆に改めて事情を話し、ジャンは「早く治してやんな」と言ってくれた。ルハドもうなずいている。

「さあ、話は一旦置いといて、みんな腹ごしらえだよ！」

リーデの『豆ボールの煮込み』と、蒸し野菜の美味しさが身体に心に染みわたる。蒸し野菜にはバーニャカウダみたいにソースが添えられていて、これが皆にとても好評なのだという。ジャンの野菜嫌いも解消したらしい。ティーダも、もくもくと豆ボールを食べている。食卓は清潔に整えられていて、とても居心地が良くなっている。リーデのがんばりが目に見えて頼もしい。

「かんじゃさんたちの分もあるからね！」

ダグとハンスは、最初はエルフとのハーフであるリーデに驚いていたが、振る舞われた料理には舌鼓を打った。

「こんな美味いの、食べたことねえ……」

ダグが言えば、ハンスも「ほんとにそうだ」と口をもぐもぐさせながらうなずく。

「ありがとうね。たくさん食べて！」

リーデの料理で彼らも健康を取り戻していけるだろう。リーデを講師にして、健康料理教室を開きたいな。咲也の夢が再び芽吹く。アイダにも食べて欲しかったけれど、彼女は彼らを送り届けたあと、早々に戻って行ったらしい。

食事のあと、ティーダ、ジャン、ルハドがテントを建ててくれて、ダグとハンスを収容した。みんなが協力してくれることが本当に嬉しい。彼らの処置をしていると、リーデがやってきた。

「見てていい？」

「いいよ？」

手当てにも興味があるのかな。咲也はシーダの軟膏《なんこう》を煮沸消毒した木べらで患部に塗り、新しい包帯に換えた。もちろん、口は白い布で覆っている。マスクも工夫して作りたいところだ。だが今はとにかく、ティーダへの報告だ。

と思っていたところへミミたんがやってきた。チャーたんはグラントに帰ったらしい。

「あのね、サキ、ゼネル国でのサキの様子はぜーんぶチャーたんから聞いてティーダに報告済みだよ。ティーダにサキを見てこいって言われたんだけど、ほら、ミミたんはゼネルに近寄れないから」

「えっ、うそっ！」

咲也は驚きのあまり、眼鏡を落としてしまった。眼鏡をかけ直し、もう一度ミミたんに確認する。

「ティーダがそう言ったの？」

「心配してたよ」

改めて申しわけなさが込み上げる。

だからこそ、ティーダにクレールと魔獣の情報をしっかりと伝えなければ。咲也が立ち上がると、リーデが大きな目をくりくりさせながら申し出た。

「これからティーダとお話なんでしょ？　僕、その間かんじゃさんたち見てるよ。何かあったら呼ぶからね」

「ありがとう。じゃあお願いするね」

容態は落ちついている。ダグとハンスをリーデに託し、咲也はテントを出た。


「ティーダ、お待たせしてすみません」

咲也が食堂に戻ると、ティーダは剣の手入れをしているところだった。

「これからお話することは、僕が直接ニーナさんから聞いたことです」

向かいの椅子に座り、咲也は前置きした。ニーナの名を聞いてもティーダの表情は変わらない。

咲也はまず、ニーナが身を隠しながら手当てを手伝ってくれたことを話した。

「では、俺の事情も詳しく聞いたのだろう？　俺とニーナが許嫁だったことも」

「はい」

そう答えるだけなのに随分と力が必要だった。これから、もっと大変なことを話さねばならないのに。

「ニーナさんは言いました」

咲也は嫌な汗の滲む両手をぎゅっと握った。

「クレールは魔族と契約し、魔獣ゴースンを使ってシュアラ国を滅ぼしたのだと」

「……ゴースンか」

ティーダの答えは静かだったが、目には炎が揺らめいていた。彼の静かな怒りと嫌悪が咲也にも伝わってくる。

「魔族に銀を貢ぐために、銀山を所有する国や魔獣たちを襲っていたんだそうです」

「かつてシュアラもそうだった。銀だけでなく豊富な鉱物が採れる山を持っていた。ゼネルなど足元にも及ばない、強くて豊かな国だった。クレールは不可侵の誓いを破って、ゴースンを使った。ゼネルだけなら俺は負けなかった。だが、あの魔獣は……」

ゼネル国がティーダの家族や民を奪い、鉱物を奪い、そしてクレールは許嫁を奪っていった。ティーダの幸せを、すべて。

「ゴースンは亡霊という名の通り、本来は存在さえ疑われる魔獣だったと聞きました。実際は、どのような魔獣だったのですか？」

「あいつは毒でできているんだ。あいつが触るものすべてが毒に犯される」

毒――。

怖気と共に、咲也の胸をふっと掠めたものがあった。

（もしかしたら役に立てるかもしれない。せめてどんな毒かわかれば）

ティーダは黙ったまま立ち上がった。その姿はすでに闘気《とうき》を放っていた。彼の背後に青い炎が見えるようだった。

「クレールの所に行くんですね」

「ああ」

短く答え、ティーダはジャンとルハドを呼び、的確に案件を説明した、

「俺が行けば、クレールはゴースンを召喚するだろう。これは俺の個人的な仇討ちだ」

「なに言ってんだ。俺はガキん時に魔獣に家族を殺されたんだぜ。魔獣を操るような奴は許せねえ」

ジャンは鼻息荒く答えた。ルハドも彼らしく淡々と同意する。

「右に同じだ。それに、冒険者としてのランクもかかっているからな」

「ありがとう、感謝する」

ティーダは二人に深く頭を下げた。

「ぼくも行く」

ミミたんがティーダの肩に止まった。鼻をぴくぴくさせ、小さな前足を腕組みするように仁王立ちする。

「ぼくは、あんなやつのために働いてた自分が許せないんだ」

ティーダを中心にチームが組まれていくのを咲也は見ていた。

戦いには医者が必要だ。それに、毒をもつ魔獣ならば僕にもできることがあるはずだ。

でも、患者はどうする？　容態は落ち着いている。リーデに頼めないだろうか……。

頭の中を考えがぐるぐると回り、咲也は決断した。

僕はティーダの力になりたい。それが復讐であったとしても、僕は僕のやり方で彼を守りたい。

ティーダのことが好きだから。

それに、彼の復讐の相手はきっとクレールと魔獣ゴースンのみ。罪のないゼネルの人たちを巻き込んだりしない。ティーダはそんな人じゃない。

「僕も行きます！　戦いには医者が必要ですから」

「だめだ」

だが、ティーダは様々な思いを込めた咲也の思いを一刀両断した。

「それは、足手まといだということですか？」

咲也は震える声でティーダに訊ねる。

「皆さんの足を引っ張るようなことはしません！　僕は手当てをすることで皆さんの役に、あなたの力になりたい！」

こんなに他者に思いをぶつけたことが、前の世界であっただろうか。

「手当てなど必要になる前にカタをつけてやる。それに、おまえには連れてきた患者の世話があるだろう」

「それなら僕に任せてよ！」

リーデだった。

「包帯を取り替えて薬を塗ることなら僕がやる。もっとも、サキにちゃんと教えてもらってからだけど、『えいせい』にはもうしっかり慣れたから！」

頼もしい申し出だった。だが、ティーダは首を振る。

「サキは連れていかない」

「どうして……？」

ティーダの固い拒否の前に、咲也はくずおれそうな身体をなんとかもちこたえ、ティーダの顔を眼鏡越しに見上げた。

「僕がこの世界で生きてこれたのは、あなたが助けてくれたからです。今度は僕に、あなたの力にならせてください！」

「おまえがいると、俺は強くなれない」

ティーダも眼鏡ごしに咲也を見つめ返してくる。だがその表情には、咲也を包み込むような温かさ――みたいなものがあった。

「守る者ができると、戦いに集中できなくなる。俺の心は、標的とおまえを守ることに引き裂かれる」

空気を読んだのか、目を丸くして二人のやり取りを見守っていたジャンもルハドも、ミミたんを肩に乗せたリーデも部屋を出て行った。

「それは違うティーダ！　守るものができると人は強くなる。僕がそうなんだ。僕はティーダを守りたい。ティーダの仲間を、傷の痛みや命の危険から守りたいんだ！」

いつもの言葉遣いも忘れていた。必死だった。

――おまえはこの世界で生きようと一生懸命なのに俺は……。

あのあと何を言おうとしていたんですか？　復讐が終われば、あなたはどうなるの？

顎を捕まえられたかと思ったら、唇を塞がれた。邪魔だとばかりに眼鏡を取られ、顔と唇がさらに密着する。

「ん……っ！」

強く塞がれ、時折吸われるキスが苦しい。嫌だよ、もっと優しいキスを――。

唇が頬に移動して、髪を撫でられる。身体が熱くなってくる。ずっと頭の中にあったニーナのことも忘れていた。

「僕も、連れて、行って……」

懇願は甘い声になってしまった。ティーダは咲也の唇を軽く啄《ついば》んでキスをほどく。

「これが答えだ」

ティーダは踵を返す。どんな顔でそんなことを言うのか、確かめる暇さえなかった。部屋を出て行こうとするティーダの腕を捕まえたけれど、振り払われた。

「――」

咲也はその場にくずおれた。何度か温かく包み込み、つないでくれたその手に今はっきりと拒絶されたのだ。

「嫌だ……！」

咲也はくずおれた床に爪を立てて、声を絞り出した。ティーダが取り払った眼鏡が、床の上にぽつんと落ちていた。

6

間もなく、ティーダはジャンとルハドと共に、クレールのいるゼネル国へと出発した。

突き放された咲也は馬の蹄の音を聞きながら、絶望の淵から這い上がろうとしていた。

『これが答えだ』というキスは……そう捉えてもいいのだろうか。戦いの場で僕を守り切れないということはつまり——。

顔が赤らむ。頬を染めてる場合じゃないんだ。咲也は強く思った。

（それならば、僕はあなたを守るために行く。僕もあなたと共に戦う）

咲也の脳裏に、傷を負ったティーダの姿が浮かぶ。ジャンも、ルハドも。身が凍る思いがする。

僕は非力でも、僕なりの武器を持っている。守られるだけの存在じゃないんだ。一緒に戦いたい。あなたの力になるんだ。

なんで来たんだと怒られるかもしれない。でも、僕は僕の武器と、あなたへの思いを証明する。そのために、急いで準備をしなくては。

咲也はテントに戻った。もう一度彼らの処置をして、それから……。

「あっ、サキ」

テントにはリーデとミミたんがいた。見れば、ダグとハンスの包帯が新しいものに換えられている。

「リーデ、彼らの処置をしてくれたの？」

「うん、なんかその……取り込んでたから。やり方はサキのをずっと見てたし」

「すっごく上手だったよ！　ほんとにびっくりした！」

ミミたんは興奮気味に、耳をぱたぱたさせた。

「ほうたい？　の巻き方は先生より下手だけど、薬の塗り方はなかなかだったぜ」

ダグが言えば、ハンスも「おう」とうなずいた。

「ごめんね勝手に。でもちゃんと手も消毒したし、口も布で覆ったよ」

「いや、ちゃんとできてるから驚いてるんだ……」

目を瞠る咲也に、リーデは笑いかける。

「二人は僕に任せてサキはティーダを追いかけて。戦いには、絶対にサキが必要だよ」

「ありがとう」

咲也はリーデの手を握りしめた。なんていい子なんだろう。そして、彼は管理栄養士としてだけでなく、看護師の素質も持っている。

語りたいことはたくさんあったが、今は時間がなかった。無事に戻ったら、看護の仕事について話してみよう。

取り急ぎ必要なことを伝達したが、リーデは覚えが早い。その間に、咲也は毒を吐く魔獣だというゴースンについて考えを巡らせた。

「ゴースンは、ぼくもシュアラ攻めの時に少し見ただけだから、あんまりわからないんだけど」

ミミたんが食堂の棚の端にちょこんと立つ。その壁には、シーダで作ったものをはじめ、様々な薬草を調合した瓶がずらりと並んでいる。

「なんていうのかな、ゴースンにやられた人は身体がぴくぴくしたり、血が止まらなかったり、顔が真っ青になっていきなり動かなくなったりしてた……クレールはそれを笑って見てたんだ。地獄ってきっと、ああいうのを言うんだよ」

シュアラの人々がゴースンの毒で苦しむさまを、ティーダはどんな思いで見ていたんだろう。きっと、成す術もなく……。肩を震わせる後ろ姿が目に浮かぶようだった。

（もう二度と、そんな思いはさせない）

「神経毒と、血液毒か……」

これはハブなどに似ているのでは？　ここには血清がないから、治療は症状に合わせた手当てを施すしかない。では、ゴースンの毒そのものを制するには？

（早くしないと、みんなが傷を負ってしまう）

考えついたのは、マムシに噛まれた時に使う薬草由来の薬だった。救急外来に来る人が多かったので覚えている。確かツヅラフジ科の……。

（フジ？）

シーダだ。あれは藤によく似た植物の葉だ。もしかしたら――。

シーダならば乾燥させて大量に蓄えてある。この葉をベースに様々な薬草を合わせてきたのだ。

煎じて水薬にしたものをありったけ詰め込み、粉にしたものも持てるだけ持ち、咲也は白衣を羽織った。ミミたんは既にもう彼らの元へ向かっている。

「行ってらっしゃい、気をつけて！」

リーデの声を背に受けて、咲也が向かったのは貸し馬の店だった。ここからゼネルまでは馬で半日かかる道のりだ。徒歩ではとてもじゃないが間に合わない。

「ここで一番早い馬を！」

咲也の迫力に驚いた店主は早速、馬を用立ててくれた。だが、ひとりで馬に乗るのは初めてだ。

「はーっ！」

思い切って馬の背に飛び乗る。ティーダを真似て手綱を引き締め、腹を蹴った。馬は勢い良く走り出したが、咲也はもう、医療道具を入れた革袋を抱きしめ、振り落とされないようにしがみつくので精いっぱいだった。

（こ、怖い……っ、それに、曲がる時どうしたら……！）

自分はこんなに無鉄砲だったのかと思い知る。しかし速いのは助かる。とにかく必死でしがみついていたら、ミミたんが羽ばたいてくるのが見えた。

ミミたんはつぶらな瞳を大きくして驚いている。

「サキ、馬乗れたの？」

「の、乗れないよっ！」

恋の力は偉大だ。自分をこんなにも熱い心で突き動かすのだから。

賢いミミたんは咲也の心を悟ったようだった。ひょいっと馬の首元に止まり、馬に何やら話しかけた。するとスピードは緩めないままに、咲也を振り落とさんばかりの馬の動きが止んだ。興奮が治まったような感じだ。

「乗ってるのは初心者だから優しくしてねって。そして、次の森を突っ切ってって頼んだよ。それよりも！」

喋るクピットは馬とも話せるのかと驚く間もなく、ミミたんは悲壮な表情で告げた。

「ティーダが戦いを挑んだら、クレールのやつ、いきなりゴースンを召喚してティーダを襲わせたんだ！」

「け、怪我は？」

「腕が爪で裂かれて出血してた。でも、まだ動けるみたいで剣で応戦してる。ジャンとルハドも援護してるけど、まったく歯が立たないんだ！」

出血していても動ける？　ではまだ毒は効いていないのか？　とにかく早く早く……！

「きっと、サキしか助けられない。だから呼びに来たんだ」

力強くうなずき、咲也は手綱を握りしめる。ミミたんのナビゲーションと馬のがんばりで、予定よりも早くゼネルに近づいた。

(今行くよ、今行くから無事でいて！)

森の中の道を突っ切り、急に道が開けたと思ったら、ゼネルの街並みが見えてきた。

「あれがゴースン？」

ゴースンは想像していたのとは違って、黒いぬるりとした肌の、全長三メートルくらいの魔獣だった。手が異様に長く、だらだらしているかと思えば、突然、俊敏な動きを見せる。大きな口からは蛇のような舌が見え隠れして、ぬめった皮膚にはところどころ泡が吹いている。

丸く石畳が敷かれた町の中心地で、ティーダと魔獣ゴースンは戦っていた。住民たちの姿は見えない（住民を避難させるように、ティーダが強行に詰め寄ったのだとあとからミミたんに聞いた）

人こそいないが、まるで見せ物だ。クレールは豪奢なテントの中でニーナを侍らせている。

思わずティーダの名を呼びそうになって、咲也はそこまで出かけた声を呑みこんだ。もしティーダがこちらを向いたりしたら、隙ができてしまう。

ティーダの腕は何カ所か出血していた。毒を含む返り血を浴びたのか、衣服の一部は溶けたようになっている。咲也は恐怖で高鳴る胸を必死で抑えながら、ジャンとルハドのもとへと走った。ティーダを失うかもしれないという恐怖が、今、まざまざと現実のものになったのだ。

「ジャン、ルハド！」

　ジャンは大きな石を投げつけ、ルハドは弓でゴースンを攻撃していた。咲也は二人の前に、シーダの水薬を取り出した。

「どうしたんだおまえ……！」

「二人とも無事でよかった！　ジャン、話はあとで！　ジャンもルハドも武器をこの薬で濡らしてから攻撃してください！」

「でも、俺もジャンもまったくあいつを痛めつけられないんだぞ！」

「この水薬を使って攻撃すれば、多少はあいつの毒を弱められると思います！　できるだけ首の付け根とか心臓の辺りを狙って！」

「よ、よし。なんの薬か知らねえが、こうなりゃなんでもやってやる」

　ジャンは石を薬で濡らし、ルハドは矢先を薬に浸した。

　近くで見ると、泡のようなものは体液に違いないと咲也は思った。毒の混じった体液だ。あの体液が醸《かも》す空気を嗅いでしまったら危険だ。身体が痙攣《けいれん》してしまうに違いない。

「二人とも、毒が含まれてるから、返り血を浴びないように気をつけて！」

　ゴースンは、こちらには攻撃をしてこないという。

「つまり、クレールがそう命じたんだ！」

　ミミたんが叫ぶ。ジャンは石を摑んだ腕をぶんぶんと振り回し、ルハドはぎりぎりと弓を引いた。

「行けーっ！」

ルハドの声を合図に、石と矢が飛んでいく。さすが弓の名手だけあって、ルハドの矢はゴースンの首の付け根に、ジャンの石もゴースンの腹に命中した。

「ぐわあ……っ！」

ゴースンは明らかに苦痛を訴える声を発した。倒れたりこそしないが、不快そうに首の付け根に刺さった矢を抜き、投げ捨てる。ジャンがぶつけた腹の辺りは、ぴくぴくと小さいながらに痙攣している。

「効いたのか？」

ルハドは魔獣を仰ぎ見る。ジャンは鼻息荒く言い放った。

「ようし、もっとやってやる！　ここは俺たちに任せて、おまえは早くティーダんとこへ行ってくれ！」

頼もしい二人を残し、咲也はティーダの元へと駆けた。

「ごめんなさい、ティーダ、やっぱり僕は来ました！」

目を瞠るティーダの隣に並び、咲也は動きの鈍くなった魔獣を見据えながら、大量のシーダが入った袋を開けた。

「ほう……ゴースンの動きが悪くなったと思ったら、おまえが何か仕掛けたのか。さすがだな。脱走したのは許してやるから私の配下に入れ」

豪奢なテントの中で、魔獣と人との戦いを見物している悪趣味で残忍な男が咲也に向かって鼻で笑う。咲也は答えず、ティーダに寄り添った。

近くで見れば、ゴースンはティーダの太刀をいくつも受けている。その傷口から体液があふれ出しているのだ。

「ティーダ、あの体液は毒を含んでいるから気をつけて！」

「どうして来たんだ。俺があれほど……」

「あなたを守りたいんです。どうか一緒に戦わせて！」

咲也は訴えながら、ティーダの衣服の溶けた部分にシーダの軟膏を塗りつけた。

ティーダは満身創痍だった。毒を受けながら、それでも雄々しく戦う姿が、愛おしくて痛ましくてならない。咲也はぎゅっと唇を引き結んだ。

薬が塗られたところは、たちまち腫れが退いていく。ティーダは目を瞠った。

「僕にもできることがあるんです。それは、あなたが僕にこの世界で居場所を与えてくれたから……！」

その時だった。

「危ない！」

突然、二人の上に黒い影が差した。多くの矢が刺さり、重い石の痕をいくつも刻んだゴースンが、身体をふらつかせながらも、ティーダを爪にかけようと長い腕を振り下ろしてきた。その様は、悪魔が長い鎌を振り下ろす姿を思わせた。ティーダは咲也の身体を抱えたまま地面を転がり、起き上がって咲也を背に庇いながら剣を構えた。

「逆だったんだな……俺は、おまえがいることでより強くなれるんだ」

背中越しに、温かく頼もしい声。咲也はその広い背中にすがりつきたかった。だが今は、ティーダの仇を倒さねばならない。その毒爪で、ティーダの幸せを引き裂いた魔獣を。

「なんだ、体力を回復したのか？　ゴースンの毒でじわじわと弱っていく様を見たいのに、台無しではないか」

どこまでクズな奴なんだ……！

咲也が怒りでクレールの方を見据えると、その隣でニーナは目を逸らして震えていた。とてもこの場を見ていられないのだろう。

「来るなら来い！　次の太刀《たち》で今度こそ心臓を貫いてやる」

ティーダの言葉を、クレールはあざ笑う。

「何を馬鹿げたことを！　ゴースン、今度は白い服を着た奴を狙え。ティーダは捨てておけばいい。そうだった。あいつが最も苦しむのは、あいつの大切なものを傷つけられることだ！」

嘲笑《ちょうしょう》は高笑いに変わる。ティーダは咲也を抱えたまま跳躍した。すごい身体能力だ。咲也の大好きな彼の筋肉が美しく弾む。

「次に俺が跳んでも、おまえはここを動くな。その前にあいつの息の根を止めてやる！」

「ティーダ！　そんな！」

ゴースンはクレールに命ぜられるまま、長い腕を咲也めがけて振り下ろしてきた。その懐に、ティーダは剣を掲げて跳躍《ちょうやく》する。咲也は夢中で、シーダの粉薬が入った革袋をゴースンめがけて投げつけた。

ティーダがその心臓を貫くのと、革袋から噴き出した粉薬をゴースンが吸い込むのと、どちらが早かったのか――。

咲也の目の前にティーダが着地するのと同時に、ゴースンは地響きを立てて倒れた。

「なんだと！」

クレールが叫ぶその前で、心臓に剣を突き立てられた魔獣の身体は動かない。その骸《むくろ》はやがて溶け始め、ティーダの剣が石畳の上にごとんと落ちた。

シーダの薬で浄化されたのだろう。その体液に毒の臭いはなく、ただの水のように地面に染みこんでいった。その場にジャンとルハド、ミミたんも駆けつける。

「た、倒したのか、ゴースンを……！」

いつも冷静なルハドが興奮気味に訊ねる。

「おまえたちの援護のおかげだ」

「よっしゃあああ！」

ジャンは荒ぶり、大声で吠えた。

「そんな、ことが……そんな馬鹿な！　ゴースンが人間に敗れるなどと！」

一方、クレールは動転して、みっともなくわめき立てていた。ティーダは剣を拾い、クレールに向けて真っ直ぐにその先端を向けた。

「剣を取れ」

ティーダは静かに命ずる。

「かつてはおまえも剣の名手だっただろう。最後に、正々堂々と俺と戦え」

「い……いっそ殺せ。ゴースンを失った今、どうせ魔族に魂を食いつくされる運命だ」

クレールは精いっぱいの虚勢《きょせい》を張る。だが、ティーダは眉ひとつ動かさなかった。

「おまえにそのような温情は必要ない」

「一対一の決闘は、この世界では仇討ちにしか許されていないんだ」

ミミたんの説明を聞きながら、咲也は両手をぎゅっと握りしめた。

（ティーダ……）

真の戦いはこれからなのだ。自分と同じように身体を震わせているニーナに寄り添い、咲也は祈るしかできなかった。この戦いに加勢することはできないし、してはいけないのだ。

「わあああああ！」

逃げ場はないと悟ったのか、クレールは突然、剣を抜いてティーダに斬りかかってきた。魔族を後ろ盾にしながらも、多くの国を倒してきた彼の剣は噂に名高い。だが、一方のティーダは満身創痍なのだ。

「せめて手当てをしてからにしてください！　そうじゃないと平等じゃない！」

咲也は叫んだが、ニーナはそっと咲也を制した。

「一対一の決闘は、申し入れた者がたとえ不利な状況であっても、挑んだ以上、そのまま行われることが掟なのです。ティーダは今、誇りをもってクレールに戦いを挑んでいるのです」

その静かな口調に、咲也は口を噤むほかなかった。現代日本からきた自分と、この世界の常識に温度差はある。だが、ティーダの誇りを損なうようなことをしてはならないと思

ったのだ。

「心配するな。俺は負けない。勝ったら存分に手当てしてくれ」

クレールをかわしたティーダは、咲也に一瞬、笑顔を向ける。

どうしてこんな時にそんな顔で笑うんですか——あふれてきた涙で、ティーダの顔がぼやける。ティーダは咲也に背を向け、クレールを前に剣を構えた。

「ずいぶん余裕ではないか！　私は昔から、おまえのそういうところが目障りだったのだ！」

「早く俺を片づけないと、先に魔族に喰われてしまうのだろう？」

煽るように、ティーダは交えた剣の向こうでにやりと笑う。

「そのように傷だらけで、おまえこそ身体がもたないであろうに」

二人の眼光がぶつかりあい、火花が散った。

（負けないで！）

咲也はちぎれそうな心で祈る。

どちらかに有利に傾いてはいけないので、応援の声も出せないのだ。静寂の中、聞こえるのは両者の息づかいとぶつかり合う剣の音だけ。

祈るしかない。信じるしかない。

この時、咲也は雷に打たれたように天啓を受けた。こんなにも、自分にとってティーダが大切な――いやそのような言葉では足りない、全身全霊を捧げるに値《あたい》する存在になっていることを。

だが、ティーダの息がだんだん荒くなってきている。ニーナも凍りついた表情でティーダを見つめている。ジャンも、ルハドもミミたんもそうだった。

皆が心の中でティーダを思っている。だが、足もふらつきはじめたティーダは、どうして戦っていられるのか不思議なほどの状態だった。

毒の爪で斬りつけられ、血も止まっていない。打撲も、もしかしたら骨折だってしているかもしれない。

（精神が肉体を凌駕《りょうが》しているんだ……）

だが、そこにクレールの驕《おご》りが忍び込んだ。弱ったティーダを見て、彼は自分の勝ちを確信した。だからこんなことが言えたのだ。クレールは、ティーダの心が遥かに肉体を跳び越えていることに気づいていなかった。

「所詮、人が魔族に叶うわけはないのだ」

高笑いと同時に、間合いに隙が生じた。ティーダはそれを見過ごさなかった。

「誰がそんなことを決めた？　おまえは、俺を誰だと思っている！　俺は……」

一瞬の閃《ひらめ》きだった。

「大切な者を守るために戦う冒険者だ！」

復讐に生きるのではなく――。覚醒したティーダは、キィンと高らかな音をさせて自らの剣でクレールの剣を跳ね飛ばした。剣は折れ、無様にカランと地に落ちた。クレールは膝をつき、茫然とその様を見ている。

「馬鹿な……もう、立っているだけでやっとだった……はず」

「剣が地面に落ちたら負けなのです。負けた者は、勝った者に従わねばなりません」

ニーナは震える声で言った。だが、クレールはまだ虚勢を張っている。

「さっさと殺せ！　いっそ殺せと言っただろう！」

「多くの命を殺《あや》め、略奪を繰り返した裁《さば》きを人として受けろ」

静かに答えてティーダは剣を納める。

「アイダ、やつを判事のところへ連れて行け」

「御意……ティーダさま」

どこからかアイダが現れ、ティーダの前でひざまずいた。ティーダはうなずき、咲也とニーナの側に歩み寄る。

「心配をかけたな、二人とも」

ティーダは穏やかに笑いかけてきたが、やがてその場に膝をつき、真っ青な顔で倒れてしまった。

「はは……さすがに俺も、疲れたな……」

ジャンの腕に頭をあずけ、ティーダは弱々しく笑った。

「気が緩んだ……俺の名医が側にいると思うと……」

「しゃ、喋らないでくださいっ……！」

ティーダが勝った嬉しさと、俺の……などと言われた恥ずかしさ。そして、ニーナが側にいるのに……様々な感情が押し寄せて、咲也は泣いたらいいのか笑ったらいいのか、わからなかった。

「ニーナ……」

「はい、ティーダ」

「ゼネルの民を、裁く者は裁き、罪なき者は解放してやってくれ。おまえならできる。そして、今度こそ幸せになれ……」

「ええ、ええ、あなたもサキ先生と早く……」

「えっ？」

驚く咲也に緩やかに笑いかけて、ニーナはティーダを見つめた。

「感謝していますティーダ――」

（ニーナさんにはね、ずっと思い合っている人がいるんだよ）

ミミたんが咲也に囁いた。

＊＊＊

戦いを終えた一行は、すぐにトイの家へと戻った。

ティーダの怪我は思ったよりも重傷だった。毒を吸い込んだり、浴びたことによる後遺症が心配だし、ゴースンの長い腕に振り落とされた打撲傷《だぼくしょう》も酷く、おそらく肋骨《ろっこつ》も何本か折れている。咲也は献身的に看護したが、彼が今生きていることを、太陽に、全宇宙に、この世界に感謝せずにいられなかった。

「俺は子どもの頃から、もしもに備えて毒に慣らされていた。それがこういうかたちで役にたつとはな」

ティーダは毒に多少の耐性があったことを話した。だから、ゴースンの毒を浴びても戦えたのだと。

「だが、最後の方はさすがに、自分でも立っていることが信じられなかったが」

「本当に、もう二度とこんな無茶はしないでくださいね。僕は命がいくつあっても足りません」

「おまえがずっと俺の側にいてくれるなら大丈夫だろう？」

「もう……！　そんな、こと、言って……」

ティーダは咲也へ熱い視線を送ることを隠そうとしない。咲也もまた、初めての恋愛感情に戸惑いながらも、咲也なりにティーダに応えている。

（ティーダはいつの間に、僕をその、そういうふうに見てくれるようになったんだろう）

手当てが終わって席を立とうとすると、ティーダは咲也の眼鏡を取りあげる。自分の側から離れられなくするためだ。

「くちづけてくれたら返してやる」

やっぱりティーダは俺様だ。尊大で、不遜で……でも、そんな彼が好きなのだ。

「本当に返してくれますね？」

「唇にしてくれたらな」

咲也は身を屈めてティーダの唇に自分のそれを静かに触れる。軽く済む時もあれば、舌を絡め取られて貪られる時もある。そのたびに、咲也の下半身は甘く疼いてしまうのだ。

「湯治《とうじ》というのはどうだ？　先生……」

ティーダは咲也の頭を抱え込み、耳朶を甘く噛む。舌先で耳の軟骨をなぞってくる。

「んっ……温泉が、あるのです、か……」

「昔から冒険者たちが傷を癒やす湯治場がある。もうこれ以上、おまえの声をこの家のやつらに聞かせないでいることは無理だからな……」

「め、眼鏡返してくださいっ！」

なな、なんということを……咲也は首から耳まで真っ赤になった。

「ふ、色気《いろけ》のないやつ」

ティーダの笑い方もだんだん艶っぽくなっている。まさに、男の色香とはこういうのを言うのだろう。

「で、湯治は効くのか？」

「だ、打撲にはいいと、思います……他の効能はわからないけど……」

「俺は、おまえと二人きりになれるならそれでいい」

ティーダの殺し文句の威力に、咲也は敵うはずもなく――。

太古の昔から多くの戦士や冒険者が傷を癒やしたという湯治場へ、咲也とティーダは二人きりで赴《おもむ》いたのだった。

（別名、『傷治しの湯』か……。これまでたくさんの治療効果を上げているということは、きっとカルシウムが豊富に含まれているんだろうな）

両手に無色の湯を掬い、咲也は確認を怠《おこた》らない。これならティーダにも効きそうだ。効くといいな、そんなことを考えていたらティーダに呼ばれた。

「ここまで来て何をやってるんだ。早くおまえも来い」

先に湯に浸かっていたティーダの口調は明らかに不服そうだ。湯から剥き出しの肩や、岩にもたれている上腕二頭筋を見ているだけでもくらっとしそうなのに……。咲也はおずおずと訊ねた。

「あの、最低限の服を着ていてもいいですか？」

「服を着て湯に入るやつがどこにいる」

「ここに……」

「それ以上ごねるなら、俺が脱がすぞ」

「ぬ、脱ぎます脱ぎます！」

今ティーダに触られたらやばい。身体がもう――熱くなって、股間が兆《きざ》し始めているのに。しかし、なんという会話だろう。ジャンやルハドには絶対に聞かれたくない。

岩陰で服を脱いだら、冷たい風が身に沁みた。足先を湯につけたらふわっと温かさが昇ってきて、ほっと心がほぐれる。そのままそろそろと身体を沈め、咲也は湯の中をふわふわとティーダの方へ進んでいった。

「お待たせしました……」

「まったくだ」

間合いを詰められ、肩を抱き寄せられる。ああ、どうしよう。かっこいい。その俺様な口調も、濡れ髪の顔も――ん？

咲也の視界は急に真っ白になって何も見えなくなった。ティーダは怪訝そうに訊ねる。

「どうした？　なんで眼鏡が白くなってるんだ」

「湯気で曇って……」

「では、いっそ取ってしまえ。近づけば済むだけのことだろう？」

そう言ってティーダは咲也の眼鏡を自分の頭に乗せ、より至近距離まで抱き寄せた。

「や……っ！」

肌が湯の中で密着する。咲也の茎《くき》は自分でも可笑《おか》しいくらいにぷるんと跳ね上がった。あの筋肉をまとった腕が僕を抱いている。そう思っただけで。だが一方で、シルバーフレームの眼鏡をちょこんと頭に乗せたティーダが可愛くて、欲情に身を任せればいいのか、ギャップに萌《も》えればいいのか、咲也はひとりパニック祭りに陥っていた。

だが、祭りはそこで終わってしまった。頭を引き寄せられてキスされたのと同時に、茎をしっかりと握られてしまう。ティーダにはお見通しだったのだ。

「これは、俺のせいか……？」

雄《おす》っぽい仕草なのに、口調はとろけるように甘いなんて反則だ。咲也はこくこくとうなずきながら、ティーダの肩口に顔を埋めてしまう。そうですなんて答えられなかった。

「おい、それは反則だろう」

違う、反則なのはあなたの方で……。だが、それ以上は思考がショートした。ティーダが手のひらを上下に動かし始めたのだ。

「可愛いな……」

「やっ、あっ……」

「気持ちよかったら出せばいい。声も、精《せい》も」

「ん、んっ」

咲也は喉元を反らせて喘《あえ》いだ。晒したそこに、ティーダの舌が這う。

――こんなふうに誰かと肌を合わせる日が来るなんて。それが大好きな人だなんて。いつでも、いつ人生が終わってもいいように生きてきたから、恋愛は咲也の心から遠いところにあった。

「ティ……ダ……ああ、もう、ダメ、だめ……っ」

訴えると、ティーダは湯をはね上げてきつく抱きしめてくれた。その水音を聴きながら彼の腕の中で射精して、咲也の白濁《はくだく》が湯の中をゆらゆらと漂っていく。

息が整うまで、ティーダはずっと咲也を抱きしめてくれていた。

「細いな……こんなに華奢な身体でおまえはいつもがんばっていたんだな」

そんなことをそんな声で言われたら、泣いてしまいそうだ。咲也は涙を堪えて答えた。

「僕ががんばれたのは、ティーダが僕を見つけてくれたからです。好きです。大好きです。自分が誰かに恋するなんて信じられなかった。いつから好きになったのかわからないけれど、今はもう、あなたが好きだという思いで胸がはち切れそうです。あなたを思うと身体が熱くなって、心がせつなくなって、僕は医者だけど、そんな自分をどうすることもできません。……ニーナさんはずっとずっと辛い思いをして生きてきたのに、僕は彼女とあなたのことが気になって仕方なかった。そんな自分が嫌で嫌で……それなのに、あなたがゴースンやクレールと戦っていた時、あなたがいなければ、僕は生きていけないと思った……」

これまでの思いが堰《せき》を切ったように止まらない。咲也は顔をより近づけてティーダの青い目を見つめた。それはもう、唇が自然に触れてしまうほどの距離だった。だから、ティーダは咲也の唇を逃がしはしない。唇を吸われた時は気が遠くなりかけて――。

「ぼ、僕はこういうことに、免疫が、ない、から、あの、もっと、加減して……」

「おまえが可愛いことばかり言うからだ」

そしてまたキス。じゃあ、僕のせいですか？　これは、この状態は……。

「んんっ、やぁ――……」

今度は舌を吸われ、咲也は本当に気が遠くなってしまった。

恋の病《やまい》は医者にも治せない。

目が覚めたら、咲也は湯治場近くの宿で、ベッドに寝かされていた。

漆喰の白い壁は明るく、開け放された窓から抜ける風が心地いい。眼鏡は枕元に置かれていた。咲也を覗き込むティーダの青い目は心配そうに翳っていたが、彼はほっと安堵の息をついた。

「起きたか」

「すみません……」

盛大な愛の告白をして、のぼせてしまったなんて……。いや違う、のぼせたのはティーダに濃厚なキスをされたからだ。

「いろいろ、慣れてなくてすみません」

「なんで謝るんだ。サキが初々《ういうい》しくて、俺は湯の中で召されそうだった」

笑うティーダに、咲也は目を見開く。

「ティーダでも、そんなふうになるんですか？」

「なるさ……当たり前だろう。俺の命よりも大事な男にそんなことを言われたら。サキ、おまえ少しは自覚しろ」

(命よりも大事な男？)

今確かにそう言った？　本当に？　咲也は声も出ないほどに驚いていたが、ティーダは涼やかに微笑んでいた。

「水飲むか？」

「は、はい」

身体を起こされ、冷たい水が重ねられた唇から咲也の喉に流れ込んでいく。だが、きっと身体の中で沸騰してしまうに違いない。ぼーっとしてしまった咲也を、ティーダは自分の腕の中に収めた。

「ニーナのことだが」

ティーダは前置きして語り始めた。咲也の告白への答えなのだろう。

「ニーナと俺は、生まれた時から結婚することを決められていた。幼い頃からそう言われて育ったから、互いにそれが当たり前で、大人になったら結婚するのだとなんの疑問も抱いていなかった。それは互いに恋愛感情ではなかったが、俺は彼女を大切に思っていたし、ニーナも俺を大切に思ってくれていた。俺の務めはニーナと伴侶になって世継ぎをもうけ、シュアラを安寧《あんねい》に治めていくことだと、信じて疑わなかった」

だが、クレールと魔獣ゴースンによってシュアラは滅ぼされ、二人の運命は一転する。

ニーナはクレールの妻にされ、ティーダは牢に囚われた。

「俺は脱獄に成功し、ただ一心にシュアラの無念を晴らすため、復讐を心に誓って冒険者になった。ニーナが恋をしていることは、この前アイダから聞いた。クレールの部下だが、ニーナを気遣い、守り、清らかに愛を育《はぐく》んでいるそうだ」

ミミたんからもニーナのことは聞いていた。愛し合う相手がありながら、憎い男に抱かれねばならなかったなんて……。

「辛かったでしょうね……いいえ、そんな言葉では足りない」

「そうだな……」

ティーダはふと、遠い目をする。

「俺は、ニーナを助けることができなかった」

本当は、何度もニーナを助け出そうとしていたことを、ティーダは口にしなかった。

わかっているよ、ティーダ。僕は知っているから……咲也はティーダにそっと寄り添う。

「でも、ニーナさんは『感謝します』って……」

ティーダは黙ったままだった。

辛すぎる日々を生き抜いて、今、幸せを摑もうとしているニーナのことを、なんて尊い人なんだろうと咲也は思う。ただ不幸に甘んじるのではなく、彼女は民を守り、ティーダに情報をもたらし、僕の医療にも手を貸してくれた。

咲也はティーダの手を包み込んだ。自分の手のひらには収まりきらない大きな手を、心を込めて、温かく。

「手当てだな」

「はい」

「サキの手当ては本当によく効く」

ティーダは笑ったが、すぐに真面目な顔になった。

「俺は、おまえを抱きたいと思っている。おまえが許してくれるならば……だが」

抱きたい。それはセックスを意味する。

経験はなくても、誰かを愛し、愛されたらそう思う。そのストレートな表現に、咲也は身も心もぐらついた。胸が焼き切れそう――。だが戸惑いはなく、咲也の心は決まっていた。求められて嬉しかった。

ティーダは熱く繰り返す。

「抱きたい。おまえとひとつになりたい、おまえが欲しい。だからどうか、俺のことを許してほしい」

咲也はティーダの胸に顔を埋めた。シャツを羽織っている胸元ははだけられていて、そこはもう、咲也のための場所だった。

「僕があなたを許さない、そんなことなんてありません」

「いや」

ティーダはあやすように咲也の髪を混ぜ、眼鏡のないまぶたにキスをした。

「俺は、この黒い瞳に魅せられた。おまえをジンラゴラから助けたあの時から、俺はおまえに恋していた」

「ええっ？」

ティーダは再び、驚く咲也の髪を撫でた。生え際をかきわけられ、そこに唇を押し当てられる。

「最初は、そんな自分が信じられなかった。だが、おまえと暮らしていくうちに思いは募って、あの日、俺ははっきりとおまえの唇が欲しいと思った。魔鳥に襲われた時だ。おまえは『手当て』をして俺の心を癒やしてくれた。おまえを離したくないと思った――」

「ティーダ！」

咲也はティーダの首に腕を回して抱きついた。

「どうして言ってくれなかったんですか。あれは、僕の初めてのキスだった。あの時、僕はあなたの力になりたいと思ったんです。でも、それが復讐だというのが哀しくて、葛藤したけれど、でも……」

唇を塞がれたと同時に、咲也はシーツの上に縫い止められた。唇を啄み合いながら、ティーダの言葉が紡がれる。

「だが、おまえが教えてくれたんだ。罪のない者に復讐が及ぶことの恐ろしさを。それでは、俺はクレールと同じになってしまう」

「ティーダ……僕は信じていました。あなたが、罪のない人々を巻き込むようなことをするはずがないって……」

語尾を捉えられてキス。すべてを許し合える、幸せなキスだった。

「おまえが欲しいと自覚してからは、すべてを成し遂げるまでは言わぬと心に決めた。何もかも終わったら真実を話して、許されたらおまえを抱きたいと思っていた。それが俺の心の支えだったのだ」

「ささ……え？」

着ているものが暴かれていく。ティーダもシャツを脱ぎ捨て、美しい筋肉をまとった上半身が現れた。だが、その身体にはいくつもの傷あとが残っていて――咲也はその傷に唇で触れた。ティーダの生き様の傷跡が愛《いと》しくて、そして哀しくてたまらなかった。

僕がこの傷跡を癒やしてみせる。たとえ一生かかっても。もう、離れないから。

「そうだ、おまえは俺の生きる糧《かて》だった」

傷跡にくちづける咲也を好きにさせ、ティーダは咲也の華奢な身体を自分の上に乗せた。一糸まとわず絡み合ってしまう腕と脚。ティーダは腹を擦っていた咲也の茎を握り込んだ。

「あ……ああっ！」

握られたとたんに、茎は芯をもってティーダの手のひらの中で反り返った。先端からはすでに雫がこぼれ始め、ティーダの手を濡らしている。

「おまえを戦いに連れて行かなかったのは、おまえが傷つくのが怖かったからだ。本当に、箱に閉じ込めておきたいくらいにおまえのことが心配で……だが、おまえはそんな弱い者ではなかった。俺と一緒に戦いたいと言える者だった——愛している。サキ」

「ああ、ぼく、も……っ」

愛を告げられた身体は急激に高まっていく。もっと強い刺激が欲しい。初めてなのに。もっと、もっとと咲也の身も心も、ティーダを欲してやまない。

「もっと、生きているあなたを感じたい……あなたが、死ななくてよかった……もう、あんな思いは、いや……」

茎を可愛がられる気持ちよさと、ティーダが生きていることが嬉しくて、咲也は声を上げて泣き、身悶《みもだ》えた。

「悪かった……もう、どこへも行かない。ずっと離さないから、もう泣くな……」

子どものようにひとしきり泣いたことで、咲也の心は浄化された。自分からティーダにくちづけ、かじりつく。ティーダは咲也の身体を優しくシーツにあずけ、身を屈めて雫がこぼれる茎を口に含んだ。

「あ、なに……っ、そんなこと……」

ティーダの舌が、唇が、柔く、強く、咲也の茎を翻弄する。成す術《すべ》もなく、咲也は押し寄せる快感の波に身を委《ゆだ》ねる他はなかった。

「ここも、俺のものだ……そして、ここも」

二つのふくらみの奥に息づくその場所を、ティーダは指で撫でた。指だけでなく、舌も触れる。腿の裏を押さえられ、脚を開かされて、そんな恥ずかしい格好をしているのに、咲也は舌先で潤される愛撫に溺れてしまう。

「ああ、気持ち、いい……感じる……好き、それ、好き……です……」

そんな言葉が自然に漏れる。性的な快感など知らなかったのに、本能が教えてくれた。

「こんな時でもおまえの言葉は丁寧なんだな。きれいな色だ……ひくひくして、可愛い」

「や……です、そんな……恥ずかし、い……」

ひくひくなんて、そんな姿を見せているのかと思ったら、急に羞恥に襲われた。だが、ティーダの愛撫は止むことなく咲也の考える力を奪っていく。潤されたそこをさらにほぐされ、なかでティーダの指が蠢《うごめ》いているのを感じて気が遠くなりそうだった。

「吸いついてくる……おまえのここは、俺が入ることを許してくれるのか？」

キスされながら弄られると腰がとろけてしまいそうになる。指だけでこんななのに、ティーダが挿《はい》ってきたらどうなってしまうのだろう。

経験はなくても、男同士でどう結ばれるのかは知っている。僕のなかは、きっとティーダでいっぱいになる。その先に待っているものを咲也は知りたかった。

「挿って、ください。僕に、入れて……あなたで、いっぱいに、してください……」

「なんてことを言うんだ、俺のサキは……」

ティーダは眉根を寄せて、さらに咲也の身体を折りたたむ。腰を両側から掴まれて、ああ、どうしてそんな顔をしているの――。

「嫌いに、ならないで……あなたが欲しくて、どうしようもないんです」

「嫌いになるわけないだろう。おまえが俺を煽るからだ。俺は今にも爆発しそうなのに」

手を取られて触れたティーダの雄は、固く猛った熱い肉棒となっていた。ティーダの険しい表情は、照れたような笑いに変わる、ああ、そんな顔、初めて見た――。

咲也はそのままティーダの雄をいざない、ティーダは腰を沈めてきた。入ってくる。咲也のなかをかきわけて、ティーダの猛った雄が入ってくる。その熱で、咲也の粘膜はとろとろに溶けてしまう。

「ん……っ――」

咲也は目を閉じて、その感覚に身を委ねた。自分のなかで、愛する男が揺らめいている。

夢のようで、気持ちよくて、甘い吐息が漏れてしまう。

「俺を、こんなにも受け入れてくれるのか……こんなに、熱く、奥まで……。サキ、すまない。腰が止まらないんだ……」

身体を少し起こされ、つながったままキス。なんて幸せなんだろう。

「もっと、来てください、もっと、大丈夫……」

「おまえの奥がどこにあるのか、わからないんだ……」

深く、甘く、二人は揺らめき合った。いつまでもこうしていたい。だが、さらなる幸福感が待っていた。

「サキ、注ぐぞ……！」

身体の奥に飛沫《しぶき》を感じる。ティーダが達したのだ。同じくして、咲也も絶頂を迎える。

名前を呼び合い、射精が終わっても、二人は離れなかった。より境目がわからなくなった二つの身体を再び擦り合う。二度目の絶頂は、咲也の方が早かった。くったりとした身体を掬い上げ、ティーダもまた、咲也のなかに放つ。

「すき、です……」

囁き、咲也は意識を手放した。ふわりと微笑んだまま、感じすぎて、幸せ過ぎて……。

エピローグ

時は流れる。

さやさやと静かに、人々の思いを乗せて。それはここ、トイの村はずれの家でも。

咲也は家を借り、診療所を始めた。

今は、赤ちゃんからお年寄りまで、様々な人を診ている。魔獣退治に同行することもあるし、往診もしている。リーデは栄養士であり、看護師でもある。二人で力を合わせて衛生観念や、食物から栄養を摂ることを広め、忙しくもやりがいのある毎日だ。

ティーダは専属冒険者を辞め、新たに冒険者ギルドに登録して、人々を魔獣の脅威から守っている。冒険者ランクは、今やプラチナだ。

そして二人の愛は日々深まり――。

「ねえティーダ、今日がなんの日かわかりますか？」

台所で薬草を煎じながら、咲也はナイフの手入れをしているティーダに訊ねた。

咲也は髪が伸びて、今は革紐で後ろ髪を縛っている。眼鏡は相変わらずだが、この世界の美しい緑が目を癒やし、少しずつ視力が良くなっているように感じている。

一方のティーダは魔獣ゴースンとの戦いで負った傷も癒え、体力も回復した。傷跡はいくつも残ってしまったけれど、ティーダはその傷跡を俺の勲章《くんしょう》だと言っている。

「さあ、なんの日だったか」

完全にとぼけてみせるティーダに、咲也は少し眉間を険しくした。

「意地悪しないで答えてください」

「おまえのその顔が見たかった」

「もう……っ！」

「忘れるわけがないだろう？　今日は一年前、俺とおまえが出会った日だ」

少し拗ねた咲也をなだめるように、ティーダは立ち上がって咲也を背中から抱きしめる。

二人が出会った日、それは咲也がこの世界に生まれ変わった日でもある。

「あとで万年木の所へ行くか」

「そうですね」

咲也が背中越しにティーダの方へ顔を傾けた時だ。

「あーおまえらさあ、前から言ってるけど、そういうのはよそでやってくんねえかな」

ジャンがぶつぶつと文句を言い、ルハドはやれやれと天を仰いでいる。リーデは、何やら大きなものに布を被せた盆を持って立っていた。ジャンとルハドの肩には、それぞれミミたんとチャーたんが止まっている。

つまり、キスしようとしたところを皆に見られてしまったのだ。尤も、こういうことはしょっちゅうなのだが。

「もうそろそろ結婚登録してこいよ。別に男同士だってかまわないだろ」

ルハドが淡々と提案する。

「それはもちろん考えているが……」

ティーダは咲也を見る。そうなのだ。前から、二人で暮らしたいと思っているのだ。この家は大好きだが、愛し合うにはプライバシーがない。皆が留守の時に慌ただしく抱き合うことが常なのだ。そういうシチュエーションだと、サキはより乱れると、ティーダはけしからんことを言うのだが。

ずっと一緒にやってきたジャンやルハドと別れるわけではない。だが、ティーダが二人を思い、どう切り出そうかと悩んでいることを咲也は知っていた。

「ということで、今日は二人のどくりつきねんび！」

リーデが叫び、テーブルの上に置いた盆から、被せていた布をふわっと取り払った。現れたのは……。

「ケーキ？」

咲也は目を瞠る。それは、豆ボールと、ひらひらした野菜で花のように飾られた、なんと三段もある大きなケーキだった。一段目は糸で縛られた豚肉の塊、二段目は鶏肉のパイだろうか、そして三段目はクルミ入りのパンだった。

「すげえだろ？　リーデの得意料理ケーキだぜ？」

「ジャンがいい肉を獲ってきてくれたからだよ」

「そして俺は酒だ。ちょっとお高いぶどう酒だぜ」

ルハドは得意そうに瓶を掲げる。

（もしかして、サプライズパーティー？）

咲也とティーダは目を見合わせる。

「さあさあ、これ食ったら二人で出て行けよ」

「あっ、ああ」

ジャンの迫力に、さすがのティーダも押され気味だ。その間に、リーデがみんなにカップを配り、ぶどう酒が注がれた。リーデとクピットたちにはヤギのミルクだ。

「ティーダとサキの門出《かどで》を祝して乾杯！」

ルハドの音頭にあわせて皆でカップを掲げる。

「ありがとう……」

涙ぐむ咲也の肩を、ティーダはしっかりと抱きしめる。

「引っ越しても、ずっと仲間だよ。けっこんおめでとう！　サキ、ティーダ！」

リーデの目には涙がいっぱい浮かんでいる。

ミミたんとチャーたんから贈られた花束からは、これからの幸せを約束するような、優しくて甘い香りが漂っていた。

おわり

あとがき

皆様こんにちは。または初めまして。墨谷佐和《すみたにさわ》です。セシル文庫さまでは九冊めの本になります。本書を手に取っていただき、ありがとうございます。

異世界ものは何冊か書かせていただいていますが、今回はトリップものではなく転移ものです。（異世界に飛ぶのではなく、異世界で生き返る。転生ものともまた違うのですね）そして冒険者と、私にとって初挑戦の一冊になりました。

まずは「冒険者ってなんだ？」というところから始まり、自分なりに調べて挑んだのですが、せっかくの設定が活かせなくて、冒頭から何度も書き直すことになりました。これが辛くて、正直、久々に「もう無理！」と投げ出しそうになったのですが……。でもやっぱり読者さまにお届けしたい、その一心でがんばりました。根気よく付き合ってくださった担当さまには、本当に感謝でいっぱいです。

そうして息づいた受キャラの外科医、咲也《さきや》と攻の冒険者ティーダ。咲也は眼鏡受です。

大好物です。特に今回、異世界人のティーダは眼鏡を知らない設定だったので、モチーフとして楽しく書けました。いかに良き眼鏡受であるかは、亜樹良《あきら》のりかず先生の麗《うるわ》しいイラストでご堪能《たんのう》ください！　そして、これまたティーダが逞しくも美しいのです。麗しくかつ強い男、辛い過去を背負いながら生きるティーダ。ちょっと茶目っ気もありまして、こんなに素敵に描いていただけるなんて本当に感動しました。特にカバーはスパダリ感満載です。亜樹良先生、素晴らしいイラストをありがとうございました！

本作には他にも咲也とティーダの「愉快な仲間たち」が出てきます。彼らも愛着あるキャラとなりました。例によって異世界ならではの諸々《もろもろ》も捏造《ねつぞう》しておりますので、この辺りも楽しんでいただけましたなら幸いです。

そして私事ではありますが、四月でデビュー十周年を迎えさせていただきました。ここまで続けてこられたのは、出版に関わってくださった関係各位、応援してくださった読者さまのおかげです。この場を借りてお礼申し上げます。本当にありがとうございました。

これからもどうぞよろしくお願いいたします。

五月　誕生日を目前に迎えた頃に

墨谷　佐和

セシル文庫をお買い上げいただき、ありがとうございます。
この本を読んでのご意見・ご感想・ファンレターをお待ちしております。

☆あて先☆
〒154-0002　東京都世田谷区下馬6-15-4
コスミック出版　セシル編集部
「墨谷佐和先生」「亜樹良のりかず先生」または「感想」「お問い合わせ」係
→EメールでもOK！ cecil@cosmicpub.jp

セシル文庫

異世界《いせかい》ドクターは冒険者《ぼうけんしゃ》と恋《こい》をする

2023年7月1日　初版発行

【著者】　墨谷《すみたに》佐和《さわ》
【発行人】　相澤　晃
【発行】　株式会社コスミック出版
〒154-0002　東京都世田谷区下馬 6-15-4
【お問い合わせ】　- 営業部 -　TEL 03(5432)7084　FAX 03(5432)7088
- 編集部 -　TEL 03(5432)7086　FAX 03(5432)7090
【ホームページ】　http://www.cosmicpub.com/
【振替口座】　00110-8-611382
【印刷／製本】　中央精版印刷株式会社

乱丁・落丁本は、小社へ直接お送り下さい。郵送料小社負担にてお取り替え致します。
定価はカバーに表示してあります。

ISBN978-4-7747-6485-6 C0193